小文艺·口袋文库

小说

成为你的美好时光

小文艺·口袋文库

小说

夏朗的望远镜

张楚

上海文艺出版社

目录

夏朗的望远镜

...001...

在云落

...083...

夏朗的望远镜

一

　　夏朗跟方雯以前不熟,上班不过三两年,又都在下面的分局,所以说,虽然在一个单位共事,也只是开全体会时恍惚打过照面。说没印象呢,是假话。这姑娘烫一头黄金卷,煞是扎眼,瞅人时左顾右盼,用同事们的原话说就是:"这姑娘呀,眼贼着哪。"说印象深呢,也是假话。他极少想起她,或许偶然想起过?

可即便想起，恐怕也只是似笑非笑一张脸，眉眼如何倒不是很清楚。说起来，他跟她的事还得感谢单位。如果没记错，那个夏天极少下雨，即便下了雨，也只是鸽子粪那样稀稀拉拉的几泡。也就是在那个瘦骨嶙峋的夏季，他们在市里足足蹲了一个半月。

事情是这样的,省里新来了位姓李的局长。关于这位局长,传言甚多,不过有一点确凿无疑,他上任之前，曾是省委书记的贴身秘书。这个秘书和一般秘书不同，很有些脾性。据说在省会，他开的是9999牌子的奥迪，遇红灯从来不停。某一天，一个新来的警察截了他的车，他摇下车窗，一口浓痰就朝小警察啐过去。当天下午，那位刚上了两天班的警察就被调离了。对于新局长的到来，市局的领导们都暗暗捏了把汗。上任不久，李局长就要求全省系统上马一个新程序，把往昔十年的纸质文件全部录入电脑。为防差错，市局要求县局遣派的精英一律市里集合，统一录入数据。所谓精英呢，无非是那些刚毕业、懂英语，尚未来得及拉家带口的单身男女。

夏朗跟方雯分在一组，每天下午两点开始录数据，一直录到晚上九点。这七个小时，除了晚饭那顿自助餐，除了上厕所、喝水，所有人员均不能离办公大厅半步。夏朗屁股瘦，却最坐得住，不像别的同事，譬如那个二百三十斤的刘振海，每隔半个时辰就溜到外面吸烟。那天，他甚至带了烤羊腿和啤酒，时不时啃灌两口，呆头呆脑四周环顾。夏朗就笑，觉得领导把这样的同事派来，犹如让金·凯利去演爱情电影，而让尼古拉斯·凯奇去演喜剧片一般。

那天录完数据，几百号人嗡嚷嗡嚷从厅里拥出，堆挤在电梯口。夏朗鼻子里全是汗臭味儿，忍不住打个喷嚏。不想一口痰就喷上手背，去摸手绢，却没摸到。脸红之际，身旁就伸过来一只水嫩的手，顺势把张湿纸巾搭上他手背。他一侧头，却是方雯。方雯面无表情地朝他点点头，说了句什么。也许她声气本来小，也许是嘈杂声太大，总之夏朗并没听清她嘀咕了什么，便愣愣瞄了她看。她随手指了指楼梯，似乎怕夏朗还未意会，干脆将手捂住他耳朵。瞬息他就闻到了香水味儿，犹如干草暖香，胸口不禁荡了荡，依稀听方雯说："陪我一起走楼梯吧，夏朗。"

说这话时她嘴唇似乎触到他耳郭，也许已然触到？他忽就明白了吐气如兰是怎么回事儿。更让他意外的是，下身怎么就硬了，不是一般的硬，简直要将衣裤破开。为掩窘态，他双手捂着下体，随了方雯穿过一具又一具热腾腾的身体。日后忆起那日，觉着他和她，仿佛是逃荒的难民中两个心不在焉的人，在膨胀的饥饿感和对食物的无限热望中，内心反倒窸窸窣窣升腾起一种氤氲的、酥软的暖。这窸窸窣窣的暖，让他穿越众人随她行进时，一直仿若踏在云霄之上。后来，这个小男人和这个女人顺着楼梯一阶一阶缓缓着走。楼梯没亮灯，每迈一阶，夏朗先把灯打开，回头看方雯一眼。方雯就朝他笑。笑得不甜，也不冷清。

"夏朗啊，你饿了没？我们去吃点东西吧。"方雯在转角处停了，抱着胳膊时说，"我好想吃烤鸡翅。"她咂摸着嘴,不光咂摸着嘴,甚至伸出舌头俏皮地舔了舔嘴唇,"我最喜欢印度的变态鸡翅了。"

"哦。"

"你喜欢吃变态鸡翅吗?"方雯道,"喜欢辣口吗?"

"……都行吧。"

"你喜欢看电影吗?"方雯又说,"今天晚上好像是《少林足球》呢。吃完鸡翅我们就去看电影吧。听说赵薇在里面演一个丑女。不过说实话,我从没觉得赵薇好看过。一双贼牛眼多吓人啊。"

那是夏朗长大后第一次到电影院看电影。电影院里人不多,也不少。方雯买了两包爆米花,随手递给夏朗一袋。关于那天的电影,除了爆米花的甜,夏朗已没任何记忆。他只记得走出电影院时,一股热浪扑面而来,身上忽就黏了些莽撞的飞虫。坐上出租车时,方雯突然让司机停一下,然后径自下车。夏朗看着她站在离车门不远的地方抻了抻连衣裙。她穿了件连衣裙，连衣裙有点瘦。

方雯回来，塞给他一盒香烟，大大咧咧说："我知道你抽烟，可今儿晚上你一根也没抽。没事的，你抽吧，我不介意。"夏朗手里攥着香烟盯着方雯，方雯就眨着大眼笑。夏朗窸窸窣窣点着一根，方雯问："烟抽起来是什么滋味？"夏朗就说："苦呗。"方雯问："你为什么抽烟？我大学里的男同学，很多是失恋才抽的。他们管这叫恋爱后遗症。"夏朗只呵呵笑。方雯沉默会儿，突然从他手里把香烟捏过去，狠狠吸了口，又急着吐出，慌忙插进夏朗嘴里。夏朗听到她嘀咕道："难抽死了。我爸身上就老是这种烟草味儿。隔着两米都能闻到。"

那是夏朗第一次听方雯说起她父亲。当然，他并没有问关于她父亲的任何问题。后来在市里的那段日子，他单调无味的单身汉生活因为和方雯的那场电影有了很大改观。他再也没去跟男同事们玩扑克牌或者喝酒，也没有一个人到网吧里上网聊天。他的业余时间全给了方雯，或者说，方雯把自己的业余时间全给了他。他们去专卖店看衣服,去上岛喝咖啡,去大钊公园散步,去百老汇电影院继续看那些永远记不住情节的俗烂电影。有天晚上,从影院里出来时,方雯提议去参观理工大学的地震遗址。那栋遗址本是座五层楼的图书馆。二十多年前那场惨绝人寰的地震让它由五层变成了三层,也就是说,剩下的那两层直接就沉到了地表之下。为了纪念那场地震,政府特意批准把这栋楼保留下来。

  夏朗并不想去。两个人跑到幽灵遍布的废墟,想想身上就起鸡皮疙瘩。可方雯并不这样认为。她笑着威胁夏朗说,如果他不跟她走一趟,她就"休"了他。夏朗只得怏怏随了她去。月洗高梧露粘幽草,他们在废墟外面怯怯站了会儿,方雯就从防护栏上近乎勇猛地蹿了过去。夏朗张了张嘴,随后蹑手蹑脚爬将过去。两个人没拿手电筒,也没带打火机,萤火坠墙阴,就在黑魆魆的废楼里慢慢走。走着走着,一条黑影忽从里面闪出。方雯尖叫一声,顺势扑到夏朗怀里。不过是只寻食的野猫而已。夏朗颤抖着紧抱住她,她温热的乳头死死贴着他的胸脯,大腿根则顶着他私处……两人在废墟里笨拙地躺下去,躺下去时还胡乱抱一起,仿佛驰隙流年,恍如一瞬星霜换,他们,无非是多年前在图书馆幽会的一对情侣。

那是夏朗第一次跟女人最私密的接触。他还记得他们从地上爬起来时,方雯掸了掸自己的裤子,从背后揽了他的细腰。他听到她用一种犹疑的、淡然的声音说,等这个礼拜回家,他必须跟她去见见她父亲。夏朗当然知道那是什么意思,他转过身,亲了亲她的额头,对她说,他当然要去拜见她的父亲,他不但要拜见她的父亲,还要去拜见她的母亲。说这番话时,夏朗一双手还死死攥着她蜂蜜般滑腻、柔软的乳房。

二

方家对第一次来访的夏朗礼遇很高,不但买了大闸蟹东方虾,还特意将方雯的叔叔婶婶、姑姑姑父一并请来。方家住在城乡结合部的一处平房里，三大间，还有厢房，院落里的小白菜翠绿多汁，劈好的松木码得比麻将牌还齐整。县城里像这样独门独院的平房已不多。方雯母亲和方雯长得像姐俩，虽老了，可一双湿漉漉的眼左转右旋，似乎要滚将出来。方雯父亲矮矮胖胖，犹如尊镀金的弥勒佛，老眼弯着，仿佛满世界的欢喜事全降他身上一般。那顿饭吃得有点闷，夏朗并不是喜欢说话的人，见了方雯那帮密探似的亲戚也不热心。妇女们全在厨房忙碌，间或听到她们近乎疯狂的爆笑，似乎这个明媚的初秋，夏朗的到来让这个有些寂寥的庭院突就添增了暖暖的生气。

方雯父亲只打了个照面就不见了。后来去厕所路过厨房，夏朗才发现，原来他是在厨房。这个未来的岳父戴着顶雪白高耸的帽子，系着条拖到地面的蓝围裙，正在做油焖大虾。他神情甚是专注，脸膛被炉火映得饱涨红润。方雯站他身后，时不时拿毛巾替父亲擦拭汗水。他的样子太像电视里参加金牌大厨比赛的厨师，或者说，他比那些人更像个厨师。

那顿饭吃得漫长精细。方雯母亲不停给夏朗夹菜,又不停给夏朗倒酒。夏朗上大学时有个绰号,叫"一盖死",也就是哪怕喝上一酒瓶盖的白酒,就不知道是如何死掉的了。所以夏朗很计较,没多喝,怕初来乍到就现原形。可方雯的亲戚们似乎并不这么想,他们热忱地劝酒,仿佛他们的满心欢喜只有通过酒水才能释放。夏朗打定了主意,不能再喝下去了。这时方雯父亲说:"夏朗啊,你别光等着你叔和你姑父敬酒,你也主动点,敬敬长辈们啊。"夏朗说:"哎……我实在是喝不下了。"本想解释一下,却不知从何谈起。方雯父亲淡淡扫他一眼,不再瞅他,而是和亲戚们谈起了最近城里发生的一起谋杀案。

夏朗的父母对这门亲事倒没什么意见。他们对他所有的事都没意见。这么多年来,他们没骂过他,没打过他,他们都信奉"好孩子是表扬出来的"道理。不过母亲倒有个提议。母亲有提议是正常的,她退休前在一所小学当了三十年校长,什么事都讲究规章制度。她说,最好找个媒人才显得名正言顺，不能让旁人说起来，两个年轻人在市里不好好工作，光忙着谈情说爱。于是夏朗和方雯就忙着踅摸两家都认识的人，踅摸来踅摸去，还真就找到一个人。这人姓司马，老婆跟夏朗母亲是同事，而他则跟方雯父亲是同事。宁拆一座庙，不毁一门亲，司马跑了趟夏朗家，又跑了趟方雯家，这亲事算是定下。

按照桃源习俗，亲事定下后要"踢门槛"，就是女方到男方家吃顿饭，男方给女方些彩礼钱。县城不像村里，村里的"踢门槛"钱，最少也要一万零一块，要的是"万里挑一"的意思。老校长给了方雯一千零一块，方雯大大方方接了，又接了老校长的一枚金戒指。

老校长和丈夫在厨房忙活，夏朗就和方雯在房间里待着。亲了摸了，再也不能干点别的。夏朗就说："我带你看点有意思的东西。"不等方雯询问，就牵着她爬上顶楼。然后指着一架仪器问方雯："知道那是什么吗？"

方雯盯着仪器，久久才说："望远镜吗？"

"天文望远镜。"夏朗说，"我这个是博

冠探索者经典版，花了三千多块钱呢。全桃源县恐怕也只我这一架。"

"这么贵？"方雯问，"能看多远啊？能看到织女星吗？"

夏朗笑了，说："你的这个问题，就好像有人看见显微镜就要问，这台显微镜能看见多小的东西？能看见细菌吗？有人看见了一支枪、一门炮，就要问，这支枪、这门炮到底能射多远呢？这样的问题都是不科学的。评价望远镜的标准不是能看多远，而是看其极限星。我们的肉眼就是一台光学仪器，可以看到二百二十万光年以外的仙女座大星云，但是看不见距离地球四点二光年的太阳系外恒星比邻星。所以说，说一个光学仪器能看多远是没有意义的。"

方雯讪讪地说："你方才说的这番话，我一句都没听懂。"

夏朗说："不懂没关系，我慢慢教你。你会迷上星云的。"

方雯打着哈欠："算了吧。我对宇宙一点

兴趣都没有。"

夏朗嘻嘻笑着："我知道你对啥感兴趣。"把她身子扳过，揽自己怀里。在这个时候，哪怕他能观测到一艘UFO，怕也不会去看了。

吃完饭方雯就走了，不过，走了没多久就打电话过来。她犹豫着说，回家后，她遭到父亲一通埋怨，不该收那一千零一块钱。夏朗顿了顿说，是不是……伯父嫌钱有点少？我妈也问过别人，县城里边，大体是这么个数。方雯说，你想哪儿去了？我爸是那种见钱眼开的人吗？你也太小瞧我爸了。他不是嫌钱少，而是怪我根本不该接这笔钱。

夏朗就闷闷地问："那他是什么意思呢？"

方雯说："我爸的意思是，他不是往外卖女儿，既然不是买卖，干嘛要收你们家的钱？两人你情我愿，沾了铜臭就显得俗气。戒指我爸说就先留下了，等结婚那天戴。"

夏朗就说："这……这合适吗？"

方雯有些不耐烦地说："你等着我，我这就给你退钱。"

夏朗说："都这么晚了，退什么退啊，你先留着吧。"

方雯那边已挂了电话。

老校长在旁听了个大概，也没说别的。夏朗就说："没想到她爸倒离钱物这么远。"

老校长拍拍他肩膀说："傻儿子啊，怕不是这么回事吧？即便真想把钱退回来，也不至于深更半夜来退。你老大不小了……别把什么事都想得这么简单，要动动头脑。"

夏朗皱着眉头说："这事难道还有多复杂？和尚头上的虱子嘛。"

老校长缓缓叹了口气，转身走了。大约过了半小时，门铃不停躁响，夏朗从猫眼里盯看着楼道里的方雯，不知要不要给她开门。

然而婚期还是定下了。老校长在县城边上也有六间平房，打算搬过去，把高层楼让给夏朗他们当婚房。夏朗没说什么。住平房有住平房的好处。退休的人除了傻吃蹶睡还剩什么乐趣？父母都是一辈子没什么爱好的人，不像有些老干部退休了去打门球，或者参加社区的秧歌队。老校长教了一辈子书,闲暇之余最喜欢的是做家务,每天拿了一块抹布在房间里踱来踱去,连马桶都被她擦得油光可鉴。父亲呢,在农业局干了一辈子统计,退休后就在家看电视,从凌晨五点看到夜里十二点。瘦小枯干的他最喜欢拳击比赛,北美四大拳击赛事,WBC、WBA、IBF、WBO,无一不让他痴迷,可拳击比赛不是天天有。通常夏朗起夜时,还会看到父亲躺在沙发上,强睁着一双眼看电视购物。要是他们搬到平房就不一样了,父亲到农业局上班前是村里的牲畜饲养员,他可以养点鸡鸭,当然,如果他愿意,也可以养骡子养马养奶牛。母亲就更不用闲着了,偌大的院子,一块抹布肯定是不够用的,一双老腿肯定是不够遛的。老两口也做好了搬迁准备,拾掇了三两天,伺候着哪天租了三轮车,把所有物件搬过去,再把楼房简单装饰,单待夏朗结婚生子。

那天夏朗正在上班,就接到了老校长的电话。她语气有些犹豫,似乎即将要告诉夏朗的事让她颇为费解。她说,方雯的父亲方有礼今天到家里拜访了。方有礼说，他们家在县城还有一处新楼房，离夏朗家很近，他们平素在平房住习惯了，老胳膊老腿的，也不打算住，干脆让夏朗和方雯在里面结婚算了。他们只有方雯这么个女儿，把夏朗当亲儿子看的。"你怎么想呢？"老校长最后问道，"方雯没有跟你透过这件事？"

夏朗说："从来没有跟我说过啊。"

老校长问："那你是什么想法？嗯？你是什么想法？"

夏朗沉吟着说："我没有想法……"

老校长说："如果你们结到他们家的房子里，是不是就有些倒插门的意思？"

夏朗说："他们家就方雯一个闺女，什么倒插门不倒插门？将来老了，不还得我们侍奉？"

老校长似乎有些不满夏朗的回答，可即便不满，她也不会说什么："哦，那你就等着当养老女婿，给他们送终吧。"

夏朗这才觉察出老校长话里有话。夏朗虽有哥哥，却在北京工作，一年中除了国庆和春节回趟家，平素忙得连电话也不晓得打一个。父母将来肯定是指望不上他的，哪天老得走不动路了，吃不下饭了，喝不下水了，拉不下屎了，无非还得靠夏朗这个老儿子。这也是当初夏朗大学毕业时，父母非让他考县城公务员的缘故。夏朗就商量着说："那我们……还是在咱家房子里结婚吧。毕竟是家里的房子，住着踏实，硬气。是吧？你不就是这个意思吗？"

老校长沉默半晌，方才嗫嚅道："哎……方有礼……刚才……将楼房钥匙留下了。他说，说……房子他们出，装修咱们管。"

三

到底是在方雯家的房子里结的婚。新房离老校长家不过三百米，仿佛方有礼当初买了这房，就知道女儿将来要嫁夏朗似的。装修那段日子，方家人一次都没来过。

两口子每晚从镇上回来，都要跑到老校长那里蹭饭。老校长当是尽心伺候，每天换着花样吃。吃完两口子就回自己窝里，卿卿我我不在话下。一天事毕，夏朗心血来潮，衣服也没穿就拉着方雯跑上阳台看星云。夏朗让她看最亮的那颗星。方雯瞥了眼，夏朗憨憨地问："你真的不喜欢那些星星？你看到的那些光，都是上万年之前就发散出来的。"

方雯说："真的啊？"

夏朗说："有时候我老忍不住想，别的星球上是不是也住着像我们一样的人？像我们一样出生，像我们一样谈恋爱，像我们一样老死。或者他们的文明比我们发达，他们的那个星球上，根本就没有死亡这个说法。一切都是永恒的，一切都是完美无瑕的。"

方雯盯着夏朗说："你真是个怪人。"

夏朗搂着她说："如果有那样的星球，我们就搬过去住。"

方雯打着哈欠说："这个礼拜天，陪我去美容院做护理啊。"

夏朗"哦"了声，眼却还是盯在望远镜上。

方雯的护理没做成。小雪至，县里已供暖，

夏朗家的暖气管道不知哪儿出了问题，摸上去冰凉。两口子忙着找热力公司的人来修。等修好了已过晌。两口子坐沙发上，不晓得是去老校长家蹭饭，还是自己蒸点米饭。这时方雯朗着嗓子说："夏朗啊，等暖气热了，我想把我父母接过来一起住。"

夏朗想也没想说："好啊。"

方雯似乎有些吃惊，"你同意？"

夏朗说："这有什么？你爸妈住平房，又要买煤又要生炉子，多费事。"

方雯笑着说："你心眼真好。说实话，我想了好几天，也没好意思跟你说。"

夏朗捏着她鼻子说："我心眼不好，你会嫁给我？"

方有礼两口子很快就搬过来。他们没有劳烦夏朗两口子，而是把亲戚们全动员起来了，有车的出车，没车的出力，没力的出主意，只一个上午，就将家当全部搬运过来，仿佛吉普赛人大迁徙一般。等夏朗下班回来，开门的正是方有礼。方有礼咧着大嘴"嘿嘿"笑着，把拖鞋递给夏朗，又朝他老婆使个眼色，丈母娘就笑吟吟递过一杯普洱茶。夏朗倒没受过如此礼遇，忙说爸妈你们客气啥？方有礼就把夏朗拉到自己身边，拍着胸脯说，朗朗啊，我们这不是客气，是心里委实高兴呢！四周的街坊邻居，哪个不羡慕我们找了个千里挑一的好女婿？你瞅瞅李福林家，空有四个儿子，可哪个儿子主动接他们两口子去楼房里猫冬？你再瞅瞅王秀峰家，为了养老问题，把俩孩子都告上法庭了！法庭啊！方有礼笑眯眯的眼睛突然就睁铜铃那么圆，痴痴地看着夏朗。见夏朗张着嘴巴不知所以，这才又"嘿嘿"笑起来，说：人家都说闺女是爹妈贴身的小棉袄，可我看哪，姑爷比闺女还亲！闺女要是贴身的小棉袄，姑爷简直就是一块心头肉！

夏朗慌忙着点头，又慌忙着朝给他脱外套的丈母娘笑。

这样过了一个来月，倒也没觉察出什么不便。晚上回了家，方有礼夫妇早把饭菜做好，热腾腾的，吃着也顺口；洗脚水早早烧好，端到沙发前；屋子以前一个礼拜收拾一次，这下方雯倒成了甩手掌柜，连墩布都不摸一下；夏朗找脱下的内裤洗时，却发现正被丈母娘用力搓揉……总之，家里突然像多了两个知寒知暖的保姆。这倒和夏朗在家里时不太一样。老校长虽宠夏朗，可夏朗的袜子、内衣都是夏朗自己洗。按照老校长的说法就是，贪婪源于每日所见，懒惰源于父母娇惯，一个男人不能娇气，要懂得自己的双手能干什么活儿，要懂得自己的双腿往哪里走。

夏朗是见不得别人好处的人。人对他好三分，他定会给人还十分，更何况这两人是他的岳母岳丈。那天夏朗从集市顺手买了两条香烟，回家时带给方有礼。方有礼笑眯眯地接了，瞅了瞅牌子，没说什么径直扔沙发上。

几天后夏朗去老杨家的小卖店买酱油，就碰上老杨媳妇。老杨媳妇嘴大，话碎，见了夏朗先寒暄几句，然后意意思思盯了夏朗，欲言又止。夏朗就说，嫂子你有话就说嘛，又没人用麻绳捆你的舌头。老杨媳妇这才伸过脖颈贴了夏朗说："夏朗啊,你是不是前几天给你丈人买了两条香烟?"夏朗说是啊,你咋知道呢?老杨媳妇说："哎,你这孩子,虽有孝心,却没用到正经地方。"夏朗狐疑地盯了老杨媳妇看,看得老杨媳妇不得不说实话："前几天,有个老头过来,非要卖给我两条香烟,说是姑爷买的。我说这姑爷倒懂事呢。没成想他说:懂个屁事,寒心着呢。我们老两口贴心贴肺地伺候人家,做牛做马,人家也只是买了两条乡下人抽的劣质香烟给我。这种烟我是不抽的,便宜卖给你吧。又唠叨姑爷在财政局,挣钱比谁都多,没想到却这般小气,将来怕是靠不住的。"

　　夏朗听了老杨媳妇的话,竟不晓得如何回她。这两条烟委实不贵,可也不便宜,平日里自己也都抽这个牌子。没想到方有礼会嫌烟不好。嫌不好也罢,偏要说与老杨媳妇这种长舌妇听。心里难免乱糟糟,径自拿了酱油回家。又想起订婚前的那一千零一块钱彩礼,有点豁然开朗,分明是方有礼嫌彩礼钱少,故意找个由头,让方雯深夜送回,给他们家一点颜色瞅瞅……如是想着上了楼。看到笑眯眯来开门的方有礼，夏朗的心脏竟怦怦作力狂跳起来。

整顿饭也没说上三两句话。吃完后夏朗就溜达到阳台上。他都喜欢一个人俯在望远镜上，静观那些旁人看来司空见惯的星云。仰望黑暗苍穹中发着冷光的星束，他会静下来。近一年，他迷上了双子座的水母星云，除了在市里的那两个月，每天晚上他都要在望远镜里观测个把小时。那是一片妖异星云，一颗一颗的星星被层层雾状物质包裹、拍打、挤压，而那些星星，不是以往灰亮的颜色，相反，它们在涌动中发射出斑斓的光芒。是的，那种光芒只能用斑斓这两字来形容：瑰紫的、玫红的、杏黄的、瓦蓝的……最奇妙的是，那些颜色不是泾渭分明，而是貌似混沌地纠缠在一起，仿佛是一大块一大块被随意泼洒的颜料，只不过，这颜料是流动的、光芒四射的……尤其是水母的一条根须上，有一颗星格外耀眼。他观测它至少有七八个月了。那是一颗蓝色的星，犹如玻璃球般透明，当夏朗特意观测它时，那颗星似乎知道夏朗在看它，闪得格外频繁……有时他会荒唐地想，没准那个星球上的某个人，也正拿着一架望远镜观测自己。

"还看啊？"

夏朗一激灵，却是方有礼。方有礼站在他身后，狐疑地看着他。

"是啊。怎么了？"夏朗的声调竟有些高亢。

"年轻人可不能玩物丧志啊！"方有礼说，"我们搬过来的这段时间，你每天晚上都守着这个破望远镜，有意思吗？"

夏朗没有应他，而是呆呆凝望着他。他倏地恍惚起来，站在自己眼前的这个叫方有礼的人到底是谁？自己跟这个肥胖、白皙、矮矬的老男人如此陌生，犹如隔着莫测的光距。以往的二十多年，县城这么小，他从来没遇到过这么个人：宴席上，音像店里，大街上，花园里，广场上，公共厕所里，学校里，医院里，会议上，丧礼上……哪怕任一场合。而现在，他和这个曾经的陌生人住同一套房子，吃同一口铁锅，用同一张餐桌，蹲同一个马桶，原因只是，曾经躺在这个男人怀里咿咿呀呀哭泣的女孩,现在每天晚上都躺在他的臂弯里。

"我这都是为了你好,"方有礼沉吟道,"你知道吗,夏朗,你太爷就是因为玩蛐蛐败了家业。"

夏朗点了点头,转身回屋。他走得慢。他并非故意走得很慢。走着走着,他突然忘了方有礼长什么模样。他惊讶地发现,如果不跟这男人面对面,他竟拼凑不出他的五官。夏朗忍不住转过身去看方有礼,没料到方有礼正目光灼灼地盯着他看。夏朗禁不住哆嗦了下。

四

天文望远镜是被夏朗在厕所的壁橱里发现的。

夏朗没料到望远镜会被方有礼搁置起来。

他本来想和方有礼谈谈。这是他的私人爱好,就像赌徒喜欢麻将,瘾君子喜欢毒品,嫖客喜欢小姐,电影演员喜欢镜头一般。况且这个爱好并没妨碍别人。可话到嘴边又咽了下去。他觉得自己最好装作没心没肺的样子。若是他跟方有礼谈了，方有礼肯定会以为，自己是个小肚鸡肠的人。他不想被方有礼看成个小肚鸡肠的男人。他本来就不是个小肚鸡肠的男人。

他把天文望远镜重新摆到阳台，就匆匆忙忙上班了。下班回来，特意去看了下，望远镜仍在那里，这才放心。做这些事时，他有点莫名其妙的心虚，怕方有礼看到。可方有礼似乎并没留意他在干点什么。他眼皮子也不抬地看《老人世界》。他眼睛并没有花，也没有戴花镜，可仍伸着胳膊，把杂志支得远远的。夏朗就泡了壶碧螺春，给他恭恭敬敬端过去一杯。方有礼点着头接了，小口着酌了一口，这才说："夏朗啊，年轻人要养成好习惯，什么东西都要放在固定位置，不要到处乱摆乱放。"

夏朗以为他在说望远镜的事，刚想辩解几句，方有礼倒先说上了："以后上厕所，烟灰缸不要放洗手盆里。"

夏朗"嗯"了声。方有礼说："你不会拿个凳子，把烟灰缸放凳子上吗？"

夏朗"嗯"了声，方有礼说："烟灰缸从

厕所里拿出来,要摆在茶几的左手边。"

夏朗"嗯"了声,方有礼说:"我跟你都是左手抽烟,摆在右手边不得劲。"

夏朗"嗯"了声,方有礼接着说:"还有……嗯……那个什么……哦,对了,你上厕所时看的书,一定要记得拿出来。"

夏朗"嗯"了声,方有礼说:"你这个孩子,我算是发现了,啥事不说清楚,你还真拎不清。"

屋内的暖气不是很热,夏朗额头仍出了细细一层汗。再去偷眼看方有礼,方有礼仍在看杂志。那页杂志他大抵看了半个多小时。

夏朗就说:"您待着,我出去走走。"

方有礼就说:"雯雯啊。夏朗要出去走走,你不一块去吗?"

夏朗连忙说:"不用了不用了,她忙她的好了。"

出了门时夏朗想,这一切都是怎么发生的呢?他刚才说那些话,是不是怪自己又把望远镜搬上了阳台?可是,他为什么怕方有礼?他怕方有礼什么?可如若不怕,为何每次面对笑眯眯的方有礼，自己似乎都冒虚汗？说实话，这些日子来，方有礼的态度也发生了些改变。有些时日他没给自己拿过拖鞋了，别说是拿拖鞋，连平日说话的腔调都不一样了，以前是讨好的、近乎谄媚的，现在却是威严的、说一不二的……夏朗乱糟糟在外面转了几圈，小风飕飕，不久又旋起细雪，他只得缩着脖颈快快回家。

回到家里，三口人正有说有笑地看电视，见夏朗开门进来，头也没点一下，仿佛夏朗在或不在俱形同虚设。方雯不停讲着他们单位新近的一起桃色事件，一个良家妇女被一个派出所的男人给睡了，却不成想被睡上了脏病……听到精彩处，她母亲便"咯咯"爆笑，方有礼更别提，顺着话嗑添油加醋引出去，将几十年前小城的风流轶事抖出，再总结出些风马牛不相及的俚语。方雯呢，则忽闪着大眼睛频频点头，仿若她父亲说的每一个字，她都应该像虔诚的基督徒诵读《圣经》一般背诵下来。

夏朗一个人缩在墙角，看着这一家人被明亮的灯光映照，每人的脸上都焕发出如出一辙的气息。是的,如出一辙的气息:他们笑起来时,眉毛通通先神经质地一皱一展,然后眼角的笑意方略显刻板地流泻而出——似乎不经意间就饱含了一种优雅的蔑视;他们吃饭时,眼睛总是瞅着别人的饭碗,仿佛在享受食物时仍忧心忡忡地担心,人家的饭随时吃完,他们若不及时给人添饭就显得他们没有教养;他们连剔牙的姿势也一模一样:左手遮挡住嘴巴,兰花指一律翘起,右手的大拇指和食指捏着牙签,小拇指则压在左手小拇指下方,也就是说,两根小拇指构成了一个标准的直角,硬硬地捅向旁人,当牙签在口腔里运动时,右手的小拇指就有规则地左右摆动,直角就变成了钝角,而他们的脸上,浮现的不是那种碎肉从牙龈里挑出来的快感,相反,而是一种肃穆得近乎哀伤的神情……

夏朗想和方雯谈谈。可谈什么?其实也没什么大不了的事。悻悻回了房,将被褥铺好。等方雯看完电视回屋,夏朗仍有一搭没一搭地翻看报纸。方雯脱衣服脱到一半,方才发觉夏朗在看着自己。随手打了一下夏朗,说有什么好看的?夏朗就压着嗓子说,我们有多少天没亲热了?

那晚方雯情绪很好,方雯情绪很好的意思就是,她似乎也很想做点那样的事。他们有多长时间没好好做了?从方有礼两口子搬过来以后。也是,方有礼买的这套房,也有七八年,砖混结构,隔音效果奇差。每当夏朗想到隔壁就住着两位既善良耳朵又无比机灵的老人,动作难免小下来。他感觉自己就是一只潮湿怯懦的蜗牛,在方雯身上磨磨蹭蹭爬行,边爬走边竖起触角听着隔壁动静。可那一天不同,夏朗用力摇动着方雯,仿佛他们不是做爱,而是在上演一场生死肉搏战。方雯配合得很好,一会儿床头一会儿床尾,一会儿床上一会儿床下,喉咙里呜咽出类似哭泣的嘤咛声……夏朗气力就更大,一种强大的摸不到边际的快感从下身麻酥酥传至上身,简直让他麻痹。他下作地想,他这样做,就是为了让隔壁的方有礼听见。当他意识到自己这个念头,脸竟灼得厉害。冲刺行将结束时,夏朗突然听到"咚咚"的敲门声。

方雯小心地扶住了夏朗的腰身"嘘"了声。夏朗听到方有礼说:"夏朗啊,你们屋子有管拉肚子的药吗?"

夏朗没说话。方雯问:"怎么了,爸?"

方有礼说:"可能怪晚上吃的海螺,你妈跑了四五趟厕所了。"

方雯穿上内衣去开门。夏朗将被子盖上,茫然仰视着房顶。听到父女俩嘀嘀咕咕,翻箱倒柜。夏朗冷冷地想,药品柜不是在方有礼他们卧室吗?怎么跑到我们的屋子找药?再过些时候,方雯才哆哆嗦嗦小跑着进屋。夏朗说:"药找到了没?"

方雯说:"找到了。哎,人上了岁数就是记性不好。药明在他们屋。"

夏朗还想问点别的,但话到嘴边又都咽下。方雯似乎也累了,没多说什么,不久传来细碎的酣声。夏朗把灯关掉,盯着屋顶在混沌的暗黑中渐渐清晰。他甚至看到上面黏着只死掉的蚊子。

下班后就不怎么爱回家了,而是跑到老校

长那儿。老校长见到儿子很意外,说,你都两个礼拜没过来了,真是花喜鹊尾巴长,娶了媳妇忘了娘。老校长很少拿这种口吻说话,夏朗就有些不好意思,说,妈,我是那样的人吗?老校长说,我看就是。你看看你,上班也有几年光景,按理说,朋友也该交了几个,哪能这样天天当闷嘴葫芦呢?老爷们,咋能没仨好的俩近的?

老校长的话倒很有道理。大学毕业后,跟天南海北的同学们还真就没有往来。别说大学同学,连发小间的交往也寡淡。每天就是上班下班,下班了也不像别的同事那样出去喝酒应酬,只在家里上上网,要么摆弄摆弄天文望远镜。他成了一个典型的宅男。

夏朗就盯着老校长说:"我从小不就这样吗?"

下个礼拜,夏朗还真就参加了一次网友聚会。那是帮天文爱好者。说是天文爱好者,其实不然。这些人是一个叫"被劫持者论坛"里的资深网友。所谓被劫持者,有个特殊含义,他们——不是被人类绑架过,而是被外星人绑架过。也就是说,这些网友认为,在某个地方、某个时刻,他们曾有过被外星人掠走的经历。他们是怎么被外星人绑架的呢?他们为什么被外星人绑架呢?他们在被外星人绑架后发生了什么故事呢?被外星人释放后他们有过怎样的心理波动呢?这些话题,就是他们在论坛上经常讨论的话题,并因有着这样特殊的、隐秘的,甚至是听起来有些悚然的历程,他们这个圈子的人联系格外紧密。

夏朗是偶然涉足这个圈子的。他的爱好是天文望远镜。他之所以在论坛里混了段时日,是因为他从来不信他们的经历。正是因为这种怀疑,内心那种想揭穿他们谎言的欲望愈发强烈,到最后慢慢演变成一种近乎绝望的冲动:他也把自己伪装成一个被劫持者。本来他不是个会说谎的男人,可在那种奇妙又神秘的氛围下,他竟然成了一个标准的被劫持者:丛林、夜晚、从天而降的光柱、面目模糊的外星人、失忆、噩梦,这些标签被他轻而易举地贴到自己身上。况且，他的天文知识让那些被劫持者有理由相信，他真的是个和他们一样的人。

那次聚会，也只限于市内的一帮人，说白了，就是五六个人。聚会的地点选在桃源县城的一个酒吧。和夏朗想象中的并不一样，那些人长相极为普通，如果不是他们聚会的缘由，没人会想到他们竟被UFO掳走过。主持是一个四十多岁的斯文男人，他开宗明义地讲了这次聚会的原因和意义，并把这次聚会的主题定为"纪念物"。也就是说，被外星人送回来后，身体上有没有异常的地方……那天晚上，主持人先把自己的胳膊费力地从袖管里撸出，向他们展示了一个酱色疤痕，他说，被遣返后，他的胳膊上就莫名其妙地出现了这个疤痕。这个疤痕的样子很平常，可是夜深人静时，他常常听到疤痕里面传出微弱的电流声，是的，电流声，就像是因为电压不足导致灯管发出的那种"嗞嗞"声。他知道，那肯定是外星人安装在他身上的"窃听器"。那些外星人就是利用这种卑劣手段，测试他的脑电波，从而研究人类思维。另外一个被劫持者则强调他身上并没有被安装窃听器,可是,自从被遣返后,他经常失忆。他经常会想起一些人,又经常会忘记一些人,这常常让他在人际交往中陷入一种被动局面,比如,有一次他和他们局长走了个对面,可是当时他却真的想不起这个大腹便便的人是谁……

夏朗听着他们的谈话一言不发。当然,一言不发的还有另外一个女人。这女人在灯光下显得白皙脆弱。她不时瞥两眼夏朗。当夏朗去瞅她,她的眼光并没回避,而是温和地迎上来,朝夏朗点了点头。那天,被劫持者相互留了电话。当那个女人把名片递给夏朗时,夏朗发现她有个很普通的名字:陈桂芬。

回到家里,夏朗还沉浸在那些人的故事里。比如叫陈桂芬的女人,她单独跟夏朗谈了自己的经历。她是在家里被外星人劫持的。她一直不明白,那道刺眼的光芒是如何穿透屋顶笼罩住她的,她十岁的弟弟当时就睡在她身边……她只记得当她醒来时,她仍在家里,只不过已昏迷了三天。她的家人都围在她身边,被她突然的苏醒弄得不知所措。她没发烧,也没任何疾病征兆,可她却昏迷了三天。让家人更惊讶的是，苏醒后的她已不会说本地方言，而是一口标准流利的北京话，是的，不是普通话，而是北京话。

一群神经受过刺激的人，夏朗想，他们肯定是受过伤害的人。想到"伤害"这个词汇时，他不禁打了个寒噤。他想到了方有礼。他想，无论如何也不能在方有礼的房子里住下去了。

他要买一处自己的房子。他要把他的天文望远镜堂堂正正摆放在阳台上。

五

夏朗把买房子的想法告诉方雯时，方雯并没有马上赞同，也没有马上反对，而是想了想说："我得问问我爸爸，看看他怎么说。"

夏朗说："不用问了。这次买房我做主。"

方雯说："你什么意思啊？"

夏朗说："没什么意思。房子我们家出钱，不用你爸他们出。"

方雯撇着嘴说："你犯什么神经！"

夏朗斩钉截铁地说:"新建的嘉华雅苑位置不错,在县城中心,离学校和医院又近,我们要买二十三层顶楼。这样观测星云就更方便。"

方雯说:"不管你在哪儿买房子,不管你买哪一层,我必须跟我爸商量一下。"

夏朗说:"有什么好商量的?这是我们自己的事,不要什么事都麻烦老人家。他们操的心还不够吗?"

方雯说:"你什么意思?你是不是嫌我爸我妈住这儿了?"

夏朗说:"这本来就是他们的房子,我有什么好嫌弃的?"

方雯没理他,直接走到客厅。夏朗很想知道方有礼怎么说,就跟在方雯后面。方有礼正坐着小马扎答题。方有礼有个癖好,就是答《唐山晚报》上的有奖知识竞赛题。他胃口很杂,无论是"共青团有奖知识竞答"、"人口普查有奖知识竞答"还是"血液与健康有奖知识竞答",他都踊跃参加。原因只有一个,这些竞赛都有奖品。多年前他偶尔参加的一次竞答让他得到了一桶"金龙鱼"花生油,之后他的这个爱好就保留下来了。那天,他正在做"党建网开通一周年有奖知识竞答",见方雯和夏朗一并走来,连忙问:"快点快点,这道题选哪个?让一部分人先富起来,带动共同富裕的方针,体现了什么原则?"

夏朗和方雯你看看我,我看看你,都没先吭声。

事后夏朗想想,那晚方有礼的反应还算正常。当他听完夏朗的想法,他把手里的报纸放在脚底下。他坐在马扎上,要比夏朗矮半截,看夏朗时不得不探着身子,向前昂着头颅。而夏朗俯视着他。他很长时间没正眼看过这个男人了。这个老男人的脸色似乎比以前更加润朗,颧骨处的肌肉像用胭脂抹了两抹,而宽阔的脑门则仿佛涂了厚厚的橄榄油。他那双眼睛没任何表情。这和夏朗想象中的有些不同。他原以为方有礼听到这个消息后会愤怒,或者不屑,但是没有。他就那样前倾着一身肥肉,安静地盯看着夏朗。这反倒让夏朗有些不自在。夏朗只好紧绷着一张脸。他想他没有任何理由向这个男人屈服。他委实想让这个男人知道，他不在乎这个男人的感受，他并不喜欢和他们住在一起。他不想把这种想法大声说出来，可现在，他即便不说出来，这尊弥勒佛也应该能感觉到，他面对的并非一个他的信徒。

"你们看着办吧。不过，我丑话说前头，我手里并没闲钱，别指望我帮多大忙。"方有礼咳嗽了一通，轻描淡写道，"看来，呵呵，你们只有贷款了。"

夏朗记得方有礼说完后就去了厕所。方雯和他回了房。方雯开始什么都没说，后来实在憋不住了才问，你手里有多少钱？夏朗就说，这个你别管，首付我出，还贷咱俩一起还。方雯说，贷款的话，可不能影响我的生活质量，知道吗？蒙尼坦我得照去，兰蔻我得照买，阿依莲我得照穿。

夏朗就说，你放心好了，你该怎么活就怎么活，我可没让你吃糠咽菜。

老校长听到夏朗要买房子的消息，很吃了

一惊。她的意思是，如果他们想单独生活，她和老头子可以搬到平房里去住，完全没有再买楼房的必要。夏朗说，算了，你们即便住平房，这房子我也得买。老校长似乎从没见到过儿子这副执拗样，忍不住笑了，说："这样吧，我跟你爸出首付，你们自己还贷，好不好？你哥呢，当初从北京买房子，我们也只是给他出了这些钱。手心手背都是肉，我们可不能对你太偏心了。"

夏朗就把老校长出首付的话跟方雯说了，方雯听了很高兴，赶紧去向方有礼汇报。夏朗就坐在卧室里吸烟。他知道方有礼是如何想的。方有礼肯定以为他拿不出钱，肯定以为他只是虚张声势，肯定在暗地里看他笑话。想到方有礼张皇失措的样子，夏朗心里竟有些微微了了的得意。过不多时，就有人悄没声地推门进来。夏朗以为是方雯，头也没抬地继续看书。"哎，看来你是吃了秤砣铁了心。"夏朗猛一抬头，却是方有礼站在他身旁。他以为方有礼会说三道四，可是并没有。夏朗轻轻笑了一下，方有礼就沉吟着说:"夏朗啊,我跟你说过多少遍了?别在床头吸烟,很容易着火的。要抽的话,在床头柜上摆个烟灰缸。你老大不小了,怎么这么没记性呢?"夏朗连忙点头称是,径直从床上跳下来去客厅拿烟灰缸。左腿刚迈到门槛,就觉得哪里有些不对头。可右腿还是径自跨了出去,而且这一步跨得尤其大。

翌日上班的时候,不成想就接到一个女人的电话。女人的嗓门有点粗,有点沙哑。夏朗就想起来,这个女人就是那个曾经被外星人劫持过的陈桂芬。就问有什么事儿吗?陈桂芬就说,没什么事儿。难道非得有什么事儿,才能给你打电话?说完陈桂芬先在电话那头笑起来。夏朗问,是不是又要操持聚会了?陈桂芬说,没有,有的话我也不想去,感觉一点意思都没有。夏朗问,不是挺好玩的吗?怎么会没意思呢?陈桂芬说,哎,我觉得他们说的都不靠谱,你没感觉出来,他们所描述的,都跟美国科幻片里的情节如出一辙吗?我觉得他们根本就是看《4400》看得走火入魔了。陈桂芬这么一说,似乎就把自己跟那帮被劫持者给区分开来,而且话里话外还有点瞧不起那些人的意思。夏朗"嘿嘿"笑了声说,聚会嘛,无非就是图个开心,干嘛还想要更多的东西呢?陈桂芬在那头沉默了会儿说,你说得没错,我们这样的人,能平心静气活着就不错了。夏朗就不知道怎么继续接话,在电话这头也沉默了片刻。陈桂芬也没说什么。夏朗能听到她在电话那头喘气的声息。这样子让他觉得有些尴尬,就说,没什么事我先挂了,我这里忙得很。陈桂芬说,好吧,我们改天再聊……其实,我是有很多话想跟你说。夏朗的好奇心就起来了,问说,要是有什么紧要事,但说无妨。陈桂芬就说,哎,一言难尽,等哪天我请你吃饭,我们慢慢聊。

晚上回家时,夏朗还在想着,这个叫陈桂芬的女人,到底有什么难言之隐呢?那些外星球的人真的拜访过地球吗?他们真的对地球上的人很感兴趣吗?忍不住跑到阳台上摆弄起他的天文望远镜。冬日的夜空虽然繁星密布,却依然黑得让人绝望。从望远镜里看到的天空,也并不比夏天看到的更广袤。看得久了,一条条幽暗、神秘的星河,似乎就在眼前荡漾起来。他难免有些心慌,转身踱进卧室。方雯做了面膜,躺在床上想着什么。很少看到她这样安静地想心事。结婚也有半年多,夏朗并未觉得她离自己更近,相反,他对她似乎越发陌生。这陌生和身体上的熟稔互一相较,就觉得那距离愈发的深仄。他倒时常想起夏天的那个夜晚,他们去地震遗址的情形,他们如此亲密、依赖,仿佛世界上最美妙的时光,就是她转身搂住他腰身的刹那。夏朗的鼻子难免有些发酸,盯着方雯细细打量。方雯似乎也察觉到他在看自己,一把将面膜撕下,拍拍床铺说:"夏朗啊,你过来坐。我跟你说件正经事。"夏朗乖乖俯到她身旁。方雯的手伸进他衬衣,恍惚摩挲着他的小腹。夏朗一把将她揽进怀里,问道:"有什么事就直说,两口子哪里有藏着掖着的。"方雯将撕下来的面膜揉巴揉巴扔到地上,说:"夏朗啊,我爸说了,他们也想买楼房,而且,他想把咱们对门的房子买下来。"夏朗没听太明白，问道："什么？"方雯就说："夏朗啊，我爸的意思就是，如果咱们买新房子了，他想跟咱们住对门。"

夏朗的嘴巴张得不是太大，但足够吞下一只拳头了。

六

夏朗有几天没跟方雯说话了。不但没有跟方雯说话，而且没有跟方有礼夫妇说话。他为什么想买房子呢，无非是想躲方有礼远远的。可方有礼似乎并不这么想。夏朗算是看透了，如果他们是磁铁，方有礼就非得当铁渣；如果他们是腐烂的苹果，方有礼就非得当苍蝇。他就是要当他们的影子，时时刻刻尾随他们，除非他们死了，变成了空气，方有礼才会在黑夜来临前自行消失。这么想时，一种空洞的、难言的哀伤从心脏一直涌到喉咙，迂回缠绕，让他吃不下饭，喝不下水。

当然，方有礼很正规地跟夏朗面谈了一次。

他说，他手里还有些积蓄，他会替他们出首付，老校长那头呢，就不用劳烦了。那天晚上他之所以说没钱，是因为他的钱全在线厂里放高利贷，恰巧这些天，线厂由于经济危机，破产的就有四五家。他托人弄脸才将钱跟利息要出来，加在一起呢，也有三十多万。这三十万存银行呢，也是白存，眼看就要通货膨胀，还不如直接买房子划算。这些钱付两套房子的首付是绰绰有余了。两家住对门多好，将来要是有了孩子，他们哄起来可就更方便。还有什么比这更划算的事儿呢？没有！说到这时，方有礼的脖子红了，腮下耷拉的一块肉轻轻蠕动，仿佛刚刚谋划的美好前景已让他激情难抑。

夏朗没跟方有礼说任何话。他能跟他说什么？他连看都不想看他一眼。总而言之，他绝不会把房子买在他们对门。方雯似乎没想到这一次夏朗如此强硬。她木木地看着夏朗，又扭头望了望她父亲，说："夏朗啊，你到底是怎么了，犯哪门子神经？"

夏朗说："我没犯神经。我只是想单过。"

方雯说:"我爸也没说跟咱们住一处房子啊。"

夏朗歪着头,不知如何作答,后来干脆说:"我也不想跟他住对门。"

方雯就怒了,"夏朗!你有什么了不起的!除了摆弄你的破望远镜,还有什么狗屁本事!"

夏朗愣了愣说:"那你就去找有本事的吧。"

方雯说:"我怎么当初就看上你了?三棍子打不出一个闷屁!一个朋友没有,一点情趣没有,你哪一点值得我喜欢?你第一次去我们家吃饭,都不知道敬亲戚们一杯酒!你妈是怎么教育你的!"

夏朗退后两步,看着方雯。又看看方有礼,方有礼垂着头。去看丈母娘,丈母娘将眼神硬硬移开。夏朗转身去收拾衣物,收拾完径直去开门。手握到门把手时,他想或许会有谁象征性地阻拦一下,那样的话事情不至闹得太僵。但没谁上前来拦他。他只好将门打开,然后"嘭"一声再将门关上。

老校长对儿子的到来并没说太多话。倒是

老统计师煮些虾，跟夏朗喝了两盅，旁敲侧击地劝解他，不要跟女人一般见识。女的和男的啊，其实用四个字就全概括了。哪四个字呢，就是"北、比、臼、舅"，所谓"北"，就是男的跟女的背靠背，谁都不认识谁，缘分没到哇；所谓"比"，就是男人对着女人的背，追人家呢；臼呢，就是男的跟女的面对面，相互倾诉哪；"舅"就不用说了，男的跟女的结婚了，生下个男孩。天下的男女，无非就是这个过程。你跟方雯也不例外。有啥大不了的事，多想想你们在市里的日子，多想想方雯的好，让着她点。

夏朗真没想到喜欢拳击比赛的老统计师会说出这番话。也有些感慨。父子俩这么多年来，还没这样贴心贴肺唠过嗑。就说，他没有别的意思，他也不是不让着方雯，而是……而是……老统计师就问，而是什么呀？你在家里住两天，就给我搬回去。

夏朗一直在家住了一个多礼拜。这一个礼拜过得倒舒心，想干点啥就干点啥，不用看方有礼嘴脸。这期间陈桂芬给他打过一次电话，邀他出来喝茶。夏朗想了想,也没拒绝,拾掇拾掇去了。

　　夏朗去得早些,陈桂芬去得迟些。他从窗户里窥到陈桂芬从出租车里下来,然后一瘸一拐朝大厅走来。夏朗难免有些讶异,上次竟没发现这姑娘身有残疾。连忙小跑着出去,把陈桂芬搀扶进来。陈桂芬说,不用搀我,我好着呢。等落了座,夏朗竟有些羞赧。长这么大,除了方雯,他还真没跟别的女人约会过。陈桂芬似乎也瞧出他有些拘束,笑着说,你的样子,倒真像个小孩。男人沾些孩子气,就显得特单纯。夏朗咧嘴笑了,说,还单纯呢,说结了婚的男人单纯,简直就是骂人家。陈桂芬慢条斯理地说,确实如此,大部分男人上了班结了婚,都会染上酒色财气,眼神都变得浑浊,"就像……就像……"她皱着眉头想了想说,"就像河岸被冲刷后总要留下些垃圾和泡沫,可你不一样,你眼神特干净。你的眼睛还是一条干净的河流。"

　　夏朗就笑了。他没想到这个女人如此看他。他想告诉她,他其实从来没有被外星人劫持过,他也并不是她想象中的那条没有被污染的河流。

可是，看着陈桂芬充满期待的脸，似乎说什么都多余。陈桂芬点的是"宫廷大红袍"，待茶泡好，她就慌忙着起身给夏朗斟茶。夏朗从她手里把壶接过，小心着替她斟好。陈桂芬就若有所思地默默饮茶。夏朗有些不自在，就问，你上次打电话，到底想说什么事儿？陈桂芬一愣，说，哦，我感觉那些人，又要来了。夏朗知道她说的"那些人"无非就是外星人，笑着说，真的吗？你是怎么感觉到的？怕吗？陈桂芬似乎对夏朗戏谑的神态有些不悦，定了定神说，我老是心慌，老听到有人在我耳边说话——可我根本听不清那人说些什么。夏朗就笑得更厉害，说，那些人不会是在警告你，2012就快到了吧？陈桂芬也笑了。她笑起来的样子还是很可爱的。她长了两颗洁白的虎牙，嘴角上撇时，苍白的面孔难免就透些朴素的活泼。夏朗若有所思地盯着她，心里想的却是方有礼和他的女儿。陈桂芬突然说，你快回家吧，夏朗，今晚会有贵客给你带来喜讯。夏朗懒懒地说，如果真有好消息，下个礼拜我请你吃烤鱼。

回到家里，老校长正在收拾他的衣物。夏朗说："我不会走的，妈。你要是硬赶着我走，我就去住如家快捷酒店。怎么，方有礼是自己来了，还是派说客来的？"

老校长说："他们啊，派说客来的。"

夏朗问："谁啊？"

老校长说："能有谁？你们的媒人司马呗。司马这个人可不是白给的，真是口吐莲花指鹿为马。他真是可惜了，要是去教书，肯定是全国特级教师了。"

夏朗说："不管他口吐莲花也好，口吐乌鸦也好，我才不吃那一套。"

老校长就摸摸儿子的头发说："你呀，还真是煮熟的鸭子，嘴硬。可这回，你无论如何都要回去了。你知道吗，夏朗，方雯怀孕了。"

七

方家人对搬回来的夏朗并没显出多热情，

也没显出多冷淡，仿佛夏朗只是出了趟短差而已，该看电视的看电视，该做饭的做饭。夏朗四处转了转。这一转才蓦然发现，短短的一个礼拜，他们家已发生诸多变化。那对皮沙发，以前摆在电视机对面，刚结婚时他特别喜欢和方雯挤在上面看电视，现在却搬到了窗台下面，而窗台下面的那条春秋椅，怎么就占据了原来沙发的位置；电视机罩是老校长买的，粉红色，上面绣着夏朗喜欢的哆啦A梦，现在变成了橘黄色，上面绣着对俗气的鸳鸯；那盆葳蕤的巴西木，以前摆在金鱼缸旁边，透过鲜嫩的绿色，能看到黑玛丽在鱼缸里游来游去，而现在则搬到了缝纫机左侧……夏朗突然发现，现在他们家的样子，跟方有礼家的平房，已经没什么区别。夏朗站在客厅，木木地想，什么时候，方有礼再把房间的颜色变一下？他记得，那处平房的墙壁，一米以下全刷成了草绿，看上去就像医院的病房。

而那架天文望远镜，毫无疑问，又被方有礼放到厕所的壁橱里去了。

夏朗后悔回来得有些莽撞。看样子他们让司马请自己，并非出自真心。没准方雯怀孕的消息也是假的。他们只想把他骗回来，让他看看，他不在的这段日子，他们过得有多快活，他们肯定又回到了方雯的少女时代，三口人其乐融融……夏朗犹豫片刻，拽出皮箱，把一件件衣物放进去。他想，对方有礼一家而言，他才是真正的陌生人。更有可能，他可能永远就是个陌生人。

这时方有礼过来了，随手递给夏朗一支香烟。夏朗僵硬地点了点头，接了。方有礼"嘿嘿"笑着说："夏朗啊，你快当父亲了，我也快当姥爷了。看样子，这香烟哪，我们得慢慢戒了。二手烟对孩子最不好。"

夏朗的心就一软。

方有礼说："你看看你，你看看你，才几天哪，怎么瘦了一圈？爸看着真是心疼呢。明天我去买些高丽人参，给你炖锅老鸡汤。"

夏朗没有吭声。

方有礼说："方雯也瘦了呢。这怎么能行？

怀孕的人了,最忌讳的就是心神不安。也是,你不在家里,她天天以泪洗面。"

夏朗的心又是一软。

方有礼说:"你能回来,我们真是农奴盼到解放军啊!"

夏朗仍没吭声。

就在这个时候,便听到方有礼老婆在厨房里吆喝:"开饭了!"

到了厨房,夏朗不禁一愣。桌上摆着一个生日蛋糕,蜡烛也点了。方雯把一盘螃蟹放上餐桌,笑着说:"夏朗啊,知道今天啥日子不?今天啊,是你生日呢。"

夏朗心里忽然腾起股细细暖流。老校长是个稀里糊涂的人,除了小时候给他煮过生日鸡蛋,长大后倒从没正儿八经给他过过生日。夏朗也渐渐对所谓"生日"了无概念。方有礼一把将夏朗按在座位上,说:"今天啊,我们夏朗生日,方雯呢,也有喜了。高兴哪!方家有后啦!你妈跟方雯炒了几个拿手小菜,咱爷俩好好喝两盅!"

那天晚上,夏朗喝得连呕带吐。他怎么喝了那么多白酒?几杯下肚后头就眩晕起来。他看到方雯不停伸着舌苔舔奶油,有几星不小心黏到了她鼻尖上,丈母娘笑眯眯地盯着盘红薯秧子炖南瓜,仿佛忆苦思甜。方有礼呢,宽阔的鼻翼两侧沁着亮晶晶的汗水,圆润的颧骨绯红,一张大嘴巴不停地嘚啵嘚啵地翕合。他听到方有礼说,夏朗回家就对了,夫妻哪里有隔夜仇?他听到方有礼说,夏朗以后可不能这样任性固执,说离家出走就离家出走。他听到方有礼说,房子我们还是买在一起吧,相互照应起来多方便,将来哪天我们死了,房子也是你的,你就让你的儿子接着住。他听到方有礼说,明天我们就去交首付,你该上班就上班,不用你操心呢。他还听到方有礼说,夏朗你的排骨掉衣上了,赶紧着拿抹布擦干净……夏朗只是不停点头,不停点头。他感觉自己正在听一个饶舌的上帝布道。他觉得这个肥胖的上帝是那么仁慈,那么亲切,他以前本想把他钉上十字架,现在是恨不得要跪下去亲吻他的脚趾了。他本来想跟方有礼说说天文望远镜的事。他想跟方有礼说，望远镜如果搁置起来，就不是望远镜了，望远镜如果不用来观测星云，就不是天文望远镜了。可到了后来，他是连一句话都说不出来。他想着水母星云里的那颗蓝色星星，很快就熟睡过去。

方雯怀孕期间，反应闹得厉害。连口水喝下去，也要翻江倒海吐个不止。夏朗在镇上上班，照顾起来不很方便，就特意叮嘱老校长多留心。三四个月上，方雯突然见了红，老校长急急忙忙给夏朗打电话。夏朗就坐了公共汽车心急如焚地跑回来。回来后给老校长打电话，没成想老校长说，方有礼已经骑着摩托车带方雯去医院了，她还在去医院的半路上。夏朗就打了辆出租直奔妇幼医院。在门诊，气喘吁吁的他看到方有礼爷俩正静静坐在长椅上。

方有礼面色凝重地拔着腰板斜靠着墙壁，一只肩膀高，一只肩膀低，方雯呢，脑袋病怏怏地靠在他的肩膀上。她脸色惨白，目光呆滞地逡巡着熙攘人群，方有礼时不时地伸出手，摸一摸女儿的头发，嘴唇一张一合，无疑在安慰她。在一刹那，夏朗突然似乎就明白了什么。在方有礼眼里，方雯肯定还是个喜欢黏在他身上的七八岁女孩，她并没有长大，并没有成为人妇，也没有将为人母。她只是一只孱弱的、需要他来保护的小动物。那么，在方有礼眼里，自己又算什么？猎人呢，还是第三者？他呆呆站在那儿，并没有立即打扰他们。他觉得，让一个感伤的老男人安静地舔一舔伤口，享受一下消逝了的时光，无疑是种美德。

说实话，那段时间，夏朗似乎遗忘了他的天文望远镜。他哪里还有空去摆弄他的望远镜呢？他每天晚上要跟方有礼一起给方雯做饭，饭要清淡，还要不重样，今天竹笋糯米粥，明天海米玉米汤，后天木瓜牛奶羹。饭后要陪着方雯一起做胎教，听舒伯特的小夜曲，听儿童讲格林故事，还要听一个发音老是卷舌的中国人用英文朗读世界名著……方雯越来越胖，夏朗每日晚上抚摸着她臃肿硕大的腹部，仿佛一个穷人在看护着他唯一的宝藏。

八

孩子生下来已是芒种。带壶把的男孩。两家人甚是欣喜。方有礼迫不及待地给孩子起了个乳名,叫乖乖。夏朗也没说什么。不久,两处新楼也装饰一新,夏朗就带着老婆孩子搬进去。方有礼夫妇也随后搬到对门。老校长在夏朗家服侍了半月后,方有礼说,我的亲家母啊,亲家母,老夏一个人在家,你怎么能放心?嗯?听说他不会做饭,饥一顿饱一顿,万一落个胃病的根,该有多麻烦!他的前列腺炎和糖尿病,不是已经让他够挠头心烦的了吗?快回去吧,好好照顾老夏去吧。

老校长眯着眼瞅了瞅方有礼,他脸上貌似关切的神情让她不禁嘘叹一声。午后,她就夹着包裹三步一回头地回家找统计师去了。

方有礼夫妇呢,并没有住在对门,而是依旧和夏朗他们住一起。方雯奶水不足,晚上要起夜给孩子冲奶粉。夏朗方才知晓冲奶粉也是门学问。如果用开水沏，太热，奶粉冲后要凉一会儿，孩子嘴紧，定会哇哇大哭；如果用凉白开沏呢，奶粉又冲不匀，一坨一坨的，孩子喝着费劲。最好的办法就是事先把奶粉调好，等孩子醒了，再用开水冲一瓶，两下混淆，不冷不热，喝着正好。为了保证方雯的睡眠，方有礼强烈要求孩子跟他们睡。说，他们老摸咔嚓眼的了，一晚上睡不上四五个小时，不正是照顾孩子的最佳人选吗？就将孩子抱过去。这样，每天晚上，夏朗只听到孩子声嘶力竭地大哭，然后是老夫妻噼里啪啦忙作一团的声响。捅一捅方雯，方雯睡得死猪般，鼾声连天。自从分娩后，她似乎就得了嗜睡症，蓬头垢面，眼老睁不开。

　　等孩子一周岁，又是来年开春。空气里到处荡漾着花粉。方有礼时常将孩子抱到小区里耍。夏朗那天休礼拜，跟着下了楼。人家见了孩子，都夸长得天庭饱满地阁方圆，将来肯定光宗耀祖，又夸方有礼说，你这个当爷爷的，有这么个孙子，老了肯定沾光啊！方有礼有些不高兴地说，我不是孩子爷爷，我是孩子姥爷。人家就说，哦，肯定是孩子爷爷住在乡下，没空哄吧？姑爷姑娘还真是有福分呢。方有礼抱着孩子转身就走。夏朗站在那里，觉得哪里似乎就不对劲了。

其实，老校长和老统计每个星期都是要来上几趟的。来也不是空手来，总要买几罐奶粉。可即便来了呢，也插不上手，孩子在怀里抱了屁大一会儿，就被方有礼急急抱将过去，嬉皮笑脸地说，这孩子认生，待会肯定要哭闹呢。老统计粗粗拉拉，倒没什么，老校长听了却有些不是滋味。回家后给夏朗打电话说，天儿也转暖了，孩子也不小了，你们逢了周末，也过来瞅瞅。没听方有礼说吗，我跟你爸爸，都是外人呢。

夏朗就想带孩子去老校长家看看。孩子长这么大，还没去过奶奶家。跟方雯说了，方雯噘着嘴说，又不是成年累月地看不着乖乖，有什么好去的？嘴上虽这么说，却也是去了。老校长见了孙子，自然眉开眼笑，虽然孙子还没长牙，仍做了一桌子菜，倒比过年过节要丰盛。还没等上桌，就听到电话响，接了，却是方有礼。方有礼说，孩子的奶瓶该换奶嘴了，要不要我送过去一个？老校长说，就别麻烦了，我这里准备了四五个，什么型号的都有。方有礼就叮嘱老校长，一定要用开水将奶嘴煮一煮。老校长说，这个不消说，肯定会用开水烫一烫的。方有礼又说，光烫一烫是不行的，谁知道出厂的时候，最后一道工序的工人是不是肝炎患者呢？千万得小心！一定要用开水煮呢！老校长说，老方啊，你就放心好了，我又不是没生养过孩子，不用你个大男人来教我。

没想到，饭还没吃完，方有礼就来了。用塑料袋裹了两个奶嘴，说是刚才去探望一个老朋友，就在老校长附近住，顺便来看看外孙。老校长板着脸没怎么理他。他就径自抱了孩子又亲又啃，仿佛倒是平生第一次见到亲骨肉一般。夏朗在旁边看了，说不出的厌烦，当着方雯的面，又不好说什么。可是即便说，又能说什么？

回家后，方有礼跟夏朗说，孩子这么小，是不能出远门的。有个着凉上火，可是天大的麻烦。春天风硬，最怕得的就是肺炎。夏朗说，有什么怕的，今天上午你不就带孩子出去溜达了吗？方有礼说，你怎么能这样跟我说话？我们不都是为了孩子好吗？夏朗说，我怎么跟你说话了？你还想我怎么跟你说话？我对你已经够宽容的了！方有礼这下就跳起来，拍着桌子嚷道：宽容？！我要你来宽容？笑话！你娶了我的女儿，你住着我的房子，孩子我替你哄着，饭我替你煮着，你有脸跟我提宽容？真是让人笑掉大牙啊！亏你还是个大学毕业生呢！说话就这鸟毛水平！我们老两口累死累活做牛做马地图个啥？你竟在我跟前提宽容？你有这个资格吗？！

夏朗一句话都说不出来，他只有看着这个浑身颤抖的老男人。当这个肥胖的老男人再次拍桌时，夏朗突地就拿起暖壶狠狠摔到木质地板上。暖壶"嘭"的声就碎了，碎片飞溅开去，一片片扎在夏朗脚背上，热水也汩汩流淌着，瞬息间就将夏朗的脚烫得水泡连连。

九

夏朗在老校长家住了七天。统计师陪儿子去了趟医院,将碎片剔出。夏朗脚上抹了药水缠了纱布,走起路来一瘸一拐。老校长没问个中缘由,也没催他回家。方雯倒是来了趟,不冷不热劝他回去。很显然,她对夏朗还有怨气,认为是夏朗的不是。如果不是夏朗的不是,方有礼怎么突然就犯心脏病了?要不是手头有速效救心丸,不定有个什么好歹。夏朗就跟方雯说,他想冷静冷静,一定是哪里出了问题,等他想明白了,就立即回家。方雯也没有强求,只是说,你个蔫巴肉心眼子,看着办吧。

这期间,夏朗出去喝了两次酒。一次是跟刘振海。刘振海到夏朗所在的分局当副局长。他是夏朗他们这拨人里提拔最快的。听说他舅父是县里的人大主任。两杯酒下肚,刘振海就说,他找夏朗的原因很简单,一是叙叙旧,他们曾经共患难过,那年在市里录数据,如果不是好心的夏朗帮忙,他不定会挨多少批评呢;二是交交心,他刚来分局,对分局的人际关系不是很了解,想听夏朗掰扯掰扯,哥俩都是年轻人,惺惺相惜不戒心。夏朗就将分局鸡毛蒜皮张三李四的事说了个大概,谁跟谁如何的秉性,谁跟谁如何的关系。刘振海听得津津有味,不住点头。等夏朗讲罢,他就盯看着夏朗。夏朗被他看得发毛,就说:"怎么,中邪了?"

刘振海说:"我没中邪呢。我是在琢磨你呢。"

夏朗说:"我有什么琢磨头?草民一个,屁民一个。"

刘振海说:"也是。你这样的人倒真少见,学历挺高,却愿意跑到县城当小公务员,人挺聪明,却对仕途不闻不问。你难道对自己的未来没什么规划吗?你难道没有自己的理想吗?"

"理想"两个字从市侩的刘振海嘴里出来,让夏朗不禁笑了。他边嚼着花生米边说:"我是个随遇而安的人,这样随性活着,不挺好?我干嘛非要去追什么东西?"

刘振海说:"哎,你呀,真是个怪人。年纪轻轻,说起话来却像老和尚。"看了夏朗两眼,又小声问道:"你听说了吗……省局的李局长被判了死刑。"

夏朗点点头,"听说贪污了三个多亿,光情妇就十几个。"

李振海说:"临死前记者采访他,他还说,他本来应该当封疆大吏的。"

第二次喝酒,却是在"被劫持者论坛"网友聚会上。本来夏朗不想去,可是陈桂芬打电话说,她很想见夏朗一面,她最近又有些新发现。夏朗眼前就浮现出她走路的样子,还有她微笑的样子。聚会是在市里举行的,规模很大,定在最豪华的"大陆海鲜",来了不下二三十号人。夏朗就跟陈桂芬坐在一起。主持人将这次聚会的主题定为"异能的苦恼",之所以有这样的主题,是因为有些被劫持者有了特异功能后,对功能的价值产生了质疑。有异能是好事,可那些普通人怎么看?他们会不会认为异能者对他们的生活构成了潜在威胁?就算异能者帮他们治病开药,他们会不会只把此举看成是异能者的自我救赎?

夏朗对这些话题没多大兴趣,而是跟陈桂芬说起了不久前的一次星云观测。他说,他在阳台上观测到了旋涡状星系。旋涡状星系就是"梅赛耶51a",与地球的距离为两千三百万光年,位于北天的猎犬座,是一个庞大的、与它的伴星系共存的旋涡状星系。这是宇宙中的一个非常著名的旋涡状星系。它和它的伴星系NGC 5195,非常容易被观测到,甚至用双筒望远镜都可以看到。"你知道它们像什么吗?"陈桂芬摇头笑了笑,夏朗就说:"它们简直就是一只巨大蜗牛。你见过蜗牛吧?旋涡状星系有一个紫色的壳,前端有一个细长的脖颈,只不过,它的头在往回看,在它眼部,有一团紫色的、耀眼的星体。跟人的眼神相比,这只蜗牛的眼睛,是非常柔和非常温顺的。"

陈桂芬很有礼貌地颔首。夏朗却有些内疚。他其实有一年多没摸过那架天文望远镜了。搬到新家后,他甚至不知道方有礼将望远镜放到了什么地方。更为内疚的是,他怎么就对陈桂芬信口开河地讲起旋涡状星系了呢?他以前可不是无中生有的人。可陈桂芬好像并不这么想,最起码,她倾听的样子很虔诚。后来,陈桂芬轻声细语地问夏朗:"你知道双子座吗?"

夏朗说:"当然知道。"

陈桂芬说:"那你喜欢水母星云吗?"

夏朗的心一颤,问道:"你也喜欢水母星云?水母星云离地球大概有五千光年,很近的。我曾经观测水母星云有八九个月之久呢!"

陈桂芬盯了夏朗很长很长一段时间,然后用一种几乎听不到的声音说:"你知道吗,我在那里住过。"

夏朗看了看她,笑了,然后又看了看她,又笑了,最后咬着嘴唇问:"你去那里度假吗?你是坐 UFO 去的,还是自己驾着热气球去的?"

陈桂芬很严肃地说:"你真想知道吗?想的话,我们去酒店接着聊。我把所有的秘密都告诉你。"

事后想想,夏朗也不清楚怎么就随陈桂芬

去了酒店。他那时还没喝酒。喝酒是到酒店之后的事。他们悄悄地从饭桌上离开,并没有引起旁人的注意,他们也很顺利地就抵达了酒店。那是间豪华包房,灯光迷离。夏朗坐立不安地站在门口,想不通怎么自己就随陈桂芬到了那儿。后来,陈桂芬说,我给你变个魔术吧。然后,她抻下自己的丝巾,挡住了左手,郑重其事地朝丝巾吹了口气,当丝巾拿开,她的左手俨然就托着一瓶红酒,红酒的盖子已经被打开。陈桂芬把酒倒进两个玻璃杯,一手一杯,然后低一脚高一脚地朝夏朗蹭过去。

夏朗那天晚上一定是喝醉了。如果没有喝醉,他怎么就躺到那张柔软的席梦思上了?如果没有躺到柔软的席梦思上,他怎么顺手就把陈桂芬揽进怀里了呢?他不但将她揽进怀里,还剥光了她的衣服,不但剥光了她的衣服,还长驱直入进了她的身体。当他闭着眼睛闷哼一声,酒气似乎才隐约散去,然后,他惊奇地发现,陈桂芬的身体竟然是淡蓝色的,她犹如修长的蓝色琉璃器皿躺在那里,淡淡的、迷离的光晕从她的脚趾流淌到她的小腹，又从她的小腹流淌到她纤弱的脖颈，他只好笑着问："你为什么把全身涂满荧光粉呢？"陈桂芬并没有解释，只是再次将他的腰身扳过，贴着他的耳郭喃喃道："你会永远记得我吗，无论我在哪一个星球上？"

翌日醒来，已然晌午。窗帘拉开着，阳光散漫地扑满房间。夏朗似乎想起什么，慌忙着四处张望，却再无他人。匆匆从酒店跑出来，打车回了家。司机问去哪里。夏朗张口就说，桃源县嘉华雅苑，而后又昏昏沉沉着睡了。等一觉醒来，司机师傅说："嗨！哥们到了，你这一路，可睡得真香哪！"

夏朗站在嘉华雅苑小区门口，踌躇半天，还是直接上了楼。开门的不是别人，正是方雯。方雯"呀"了声说，夏朗回来了。没多久，乖乖就从屋里跄跄着出来，见了夏朗，"爸爸爸爸"地喊。夏朗眼睛湿了，一把抱了，拿眼角余光去瞥方雯，方雯正朝他笑。方雯说，快把乖乖放下，医生过会儿就给他输液来了。没等夏朗细问，方雯又说，孩子开始只是咳嗽，后来就发烧。吃了些感冒药，高烧还不退，到医院一查，是初期肺炎。输了四五天液，情况稍稍稳定，我们才带着乖乖回家，每天请医生上门输液。

夏朗就急了，大声质问方雯："孩子有病了干嘛不告诉我一声？"

方雯说："你不是受伤了吗？腿脚不灵便。"

夏朗就说："跑不了你也该告诉我。我去不了，我爸我妈难道还跑不了吗？"

方雯一愣，摆摆手说："你添什么乱啊。有我爸在就够了，还麻烦他爷奶干嘛？"

夏朗站在那里，不知如何驳她。这时方有礼就走了过来。这是那次吵架后夏朗第一次看到他。他哪里有得心脏病的症状？肥头大耳，腮帮上布满条条红绒。夏朗受伤后，他没去看过夏朗，甚至连个电话都没打。据说夏朗刚去了医院，他就心脏病突发倒地上了。

"你的脚……恢复得怎么样了？"

夏朗说："挺好，没瘸。"

方有礼咳嗽了声，说："哎，那天真是怪，

我不冷静,你也不冷静。"又说:"你回来就好。你是家里的顶梁柱,缺了你,我们是连槽子糕也做不成的。"

夏朗看着他。他说话的样子很诚恳,夏朗甚至看到了他眼神里流露出的不安和内疚。只好说:"也没什么大事。皮肉伤而已。乖乖呢,我看最好还是住院吧。在家里,还是心里不安稳。"

方有礼说:"儿科全是得肺炎的孩子。乖乖已经好得差不多,再待在医院里,万一被二次感染,该如何是好呢?"

夏朗想了半天,才说:"随你的便吧。你想怎么样就怎么样。你愿意怎么着就怎么着。"

十

方有礼夫妇在夏朗家一住又是两年。乖乖会蒙话了,乖乖长牙了,乖乖会走路了,乖乖会骂人了……夏朗一家人的日子全绕着乖乖展开。方有礼两口子每天哄孩子,到了上幼儿园的年岁,也没让乖乖全托,只隔三差五送上一次。方雯呢，调到了县局的办公室，负责收发文件，夏朗呢，还在分局管微机，每天晨起搭公车，晚上六点钟才回家。像他这样的男人委实少见，烟也戒了，酒一滴不沾，从不跟同事洗脚泡KTV，朋友也没一个，除了单位就是家。他越来越瘦，穿腰围二尺一的裤子，眼角的皱纹也爬了不少，来办事的人员，年轻点的，都郑重地管他叫"夏叔叔"。听人家这样叫，他还是激灵了下，不过想一想，自己都三十来岁的人了，也没什么可奇怪。有一天他去老校长家，老校长非要给他称一称体重，他就乖乖地站到简易秤上。老校长就愣住了。他就问，多少斤啊？老校长瞥他一眼，说，刚好一百斤……老校长犹豫着问，你最近没跟他斗气吧？

　　夏朗晓得母亲嘴里的"他"是谁。说，没。

　　老校长在他身后站着，泪就要落下。她听到夏朗说，我们处得挺好的，挺好的。真的挺好的。能有什么不好的呢。

　　其实，老校长倒是想跟夏朗说几件事。上个月她去看乖乖，买了几斤香蕉。老校长生性节俭，买的香蕉是处理的，皮儿有点黑斑。不成想乖乖见了，说，奶奶真抠门，舍不得花钱，专买烂香蕉。小跑着将香蕉扔进垃圾桶。老校长很上火，虽童言无忌，可孩子怎么知道什么便宜什么贵？无非是方有礼教的。老校长起身就走了，乖乖还追在身后说，抠门奶奶，不许来我家，不许来我家。上个礼拜，老统计去商场，刚巧碰到方有礼和乖乖，乖乖见了他，连声"爷爷"都没叫，方有礼也只是貌似威严地朝他点点头。老统计到家后跟老校长说，哎，这个孙子，是姓方呢，还是姓夏呢？

当然，这些话，老校长断不会说给儿子听的。他已瘦成一把骨头。

瘦成一把骨头的夏朗，觉得自己简直是进入暮年。如果没记错，他甚至很长时间没有和方雯亲热了。方雯好像也忘了这茬，晚上把乖乖哄睡了，她也就睡着了。有时候，夏朗呆呆地看着方雯，努力把她和几年前那个邀请他看电影的姑娘联系在一起，可是无论如何，这个方雯和那个方雯，都不能重叠。她比以前胖了，摸上去肉乎乎，再也没那种蜂蜜般的嫩滑。

至于方有礼，夏朗也没跟他翻过脸，不过，只要见到他弥勒佛一样的笑脸，心里就神经质地哆嗦下。他不晓得这是怎么了。可也懒得去深究。做饭的时候，方有礼会让他打下手，如是辣椒炒肉，方有礼负责洗青椒，夏朗就负责切肉，如是红烧鱼，夏朗负责杀鱼刮鳞，方有礼负责下锅烹炸。他们之间配合得很好，也没有什么差错。开饭的时候方有礼瞥他一眼，他就急匆匆给丈人拿酒杯，再倒上好的散白酒。临睡觉前，夏朗会烧上几暖壶开水，先给儿子洗脚，再给方有礼倒上一盆，将擦脚巾叠得方方正正，摆在旁边的凳子上。没有人非要他这样做，可是他还是这样做了，而且做得很自然、很流畅，犹如澡堂里的搓澡师傅见了客人，不用先问客人是否擦澡，只管先将毛巾洗干净、牛奶和盐放在手边一般。

至于那架望远镜，他真的找不到了。也许被方有礼拾掇到耗子洞里去了，反正，夏朗把那架昂贵的望远镜忘得一干二净。他也再没如醉如痴地观测过水母星云。他也忘记了那颗透明的瓦蓝色星星。有时他甚至连自己都怀疑，自己真的有过那么一架天文望远镜吗？自己真的在水母星云上观测过那颗会眨眼的蓝色星星吗……如果不是那天接到陈桂芬的电话，他几乎想不起来，他曾经真的有过那么一架时髦的东西。接到陈桂芬电话那天，夏朗正在擦皮鞋，先将乖乖的擦了，再擦方有礼的、岳母的，然后擦方雯的。等擦完了，才发现自己脚上的皮鞋干净得很，愣神的空当，手机响了。

"夏朗吗？你是夏朗吗？"陈桂芬的声音听起来很焦躁，"我是陈桂芬，我是陈桂芬！你还记得我吧？"

夏朗怎会忘了她。夏朗说："是我。有什么事？"

陈桂芬说："你现在能出来趟吗？我有些重要东西给你。"

夏朗看了看坐在沙发上打毛衣的方雯，说："我现在忙得很。"

陈桂芬说："我求你了，你抽空来一趟吧。"

夏朗压着嗓子说："是不是那些外星人又来找你了？"

陈桂芬不说话。

夏朗就问："你最近还好吗？"

陈桂芬说："一点都不好。"

夏朗说："我挺好的。他们要是真来逮你，你就赶快去公安局备案。"

陈桂芬叹息一声说："这一次……我真的要撤了。"

夏朗"嗯"了声。

陈桂芬说："其实，我从来没有被外星人劫持过。"

夏朗说："我知道。"

陈桂芬沉吟着说："其实，我不是地球人。我家在水母星云里的一颗小行星上。我这么远来地球，只是想看看你。"

夏朗不说话。

陈桂芬说："我居住的那颗蓝色行星，是一个类似你们佛语中极乐世界的地方。我们从一降生就完美无瑕，没有疾病，没有死亡，我们是永恒的。"

夏朗的汗流了下来。

陈桂芬说:"可我不喜欢那种日子,我特想知道,有缺憾的日子什么样儿。那一年,你老用望远镜观测我们星球,我也注意到了你。你不知道,我的望远镜比你的高级一亿倍,上面有一个HGU仪器。你信吗,我能看到你鼻翼两侧的粉刺黑头。"

夏朗说:"对不起……我该去吃饭了。"

陈桂芬哽咽着说:"我选择了一个跛脚女孩的身体作为寄主,而且我如愿以偿……那个晚上……我会记住。我在玲珑小区,你过来趟,我有件好东西给你做纪念。"

夏朗沉默了足足有一个世纪那么长,然后果断地挂了电话,系上围裙,赶紧去做醋熘藕片。

方有礼出事,是吃完醋熘藕片的翌日。那天中午,乖乖非要一辆迷你赛车,方有礼就骑着自行车带着乖乖去超市。在超市门口,乖乖的鞋带开了,乖乖就说,老方老方,鞋带鞋带。方有礼蹲下给乖乖系鞋带。他这一蹲,就再没站起来。如果不是一个好心人将他送进医院，没准当时就死了。医生说，方有礼的脑溢血很严重，颅腔内大面积出血，即便渡过危险期，以后怕也是不能说话走路。

将方有礼从医院接出来，正逢溽夏。夏朗和方雯将轮椅推进房间后，方雯就嘤嘤地哭起来。夏朗不晓得这是她第几次哭了。她的眼睛这段时间总是红肿着。就去瞅方有礼。方有礼坐轮椅上，更像一尊弥勒佛雕塑，只不过，他的老眼不会眯笑了。他的右腿跟右胳膊都被拴住。最倒霉的是，舌头也被拴住。他坐在轮椅上，嘴角流着黏稠的哈喇子，"啊啊啊啊"地嘟囔着什么。夏朗将新买的一块手绢围他脖子下面，然后久久盯着他。方雯就说，夏朗啊，以后要记得每天给爸爸擦身子、洗脚，要是擦得不及时，很容易得褥疮。说到这儿，又跟她妈一起嚎啕大哭起来。夏朗"哦"了声，将目光投向窗外。方雯就抽噎着说，你倒是听到没？他要不是为咱们操心费力，至于搞成这个样子？夏朗没吭声，径自走到阳台。七月的阳光暴晒着夏朗，直晒得骨节噼啪作响。

到了秋天,方雯听人说,县城有位老中医,治疗脑溢血有一套祖传秘方,颇为灵验,就给了夏朗地址,让他求偏方。夏朗就开车去了。老中医住在玲珑小区。这个名字夏朗听着怪耳熟,可也没往深里细想。

老中医很有些架子,留着白须,穿着白大褂,戴着副玳瑁腿老花镜。他问了问方有礼的病情,而后给夏朗开了两剂草药。夏朗付了钱拿药告辞。进了车刚想发动,怎么就瞥到"玲珑小区"的牌子,突然想起,陈桂芬似乎就住在这儿。想了想,就给她打手机。可打了四五遍,提示音都是"号码已经注销"。忍不住下了车,溜达到警卫室,问这里是否住着一个叫陈桂芬的人。

警卫是个邋遢的中年人,穿着一身卡其布蓝衣裤,上面印着XX机械厂的字样。他瞄了眼夏朗说:"你说的这个陈桂芬,是不是那个小儿麻痹症患者?"

夏朗说:"是啊。她不是住在这儿吗?"

警卫说:"是住在这儿啊。不过,那是以前的事了。"

夏朗想了想说:"她什么时候搬走的?"

警卫就环视下四周,这才凑到夏朗跟前说:"她没搬走。"

夏朗就狐疑地看着他。警卫沉吟了片刻,这才低声说:"我跟你说了你也不相信。"

夏朗就笑了声说:"有什么不信的?难道她真被外星人捉走了?"

警卫后退两步,仔细打量着夏朗说:"你知道这件事啊?"

夏朗看着警卫的认真样,忍不住笑起来。

警卫叹息声说:"哎,如果不是亲眼所见,我也是一辈子不信的。那个东西真亮啊。比太阳还刺眼。叫啥来着?UFO?当时陈桂芬正跟刘老太太唠嗑。那东西突然就停在半空,一百来米高。大家眼睛都睁不开了,只听到陈桂芬一声尖叫……然后……哎。"

夏朗出了身汗,忙问:"然后怎么了?"

警卫努了努腮帮子说:"然后,陈桂芬就

不见了呗。那个UFO也不见了。"

夏朗傻傻地盯着警卫。警卫说:"刘老太太吓傻了,现在还住精神病医院呢。那天在现场的人,都不敢跟别人说这件事,怕那东西……把自己……也捉走了。"

夏朗半晌才说:"大哥啊,你可真会开玩笑。"

警卫瞥他一眼,就不再搭理他,闷闷抽烟去了。

夏朗开了车回家。说实话,长这么大,他还没遇到过这么不靠谱的警卫。他记得那天陈桂芬打电话,说有东西给他。会是什么重要的东西?再说她搬到哪儿去了呢?这样想着驶出了小区。刚到主街,就接到方雯电话,她恹恹地叮嘱说,让他把草药放到惠康药店煎熬一下,刚才她去买砂锅,没有买到。"点真背啊!"夏朗听到她不耐烦地嚷道,"你早点回家!"夏朗"嗯"了一声,将车开得更快些。

秋日晴空,似被涤荡过,大朵大朵白棉花浮着。夏朗想,自己到底有多长时间没有观测过星云了？改天一定要把天文望远镜翻出来，而且还要添置一个新的赤道仪。他早就想买了。秋天来了，所有的天文爱好者都知道，这个季节，正是观测星云的黄金时期。

在云落

1

那年春天格外的漫长。清晨六点半，和慧准时按响我家的门铃，门铃声和卖牛奶、灌煤气的吆喝声此起彼伏。通常铃声第五遍响起，我才趿拉着鞋睡眼惺忪地去开门。和慧总是嘟囔着说，猪啊睡吧，猪啊睡吧，再睡就出栏了……我摸摸她箍在头皮上的短发，然后继续昏睡。那个春天，我的睡眠保持在十二个小时左右。也许，对一个无所事事的男人来说，睡眠是最得体最省钱的休闲方式了。等我九点钟起床，和慧已煮好黑米粥。毫无疑问她是个烹饪天才。当我嚼着黑米粥里的百合、桂圆和枸杞，我便恍惚觉得，漫长的一天有顿甜美的早餐是多幸运的事。

如果不出意外，此时和慧差不多能看完两部电影。那些碟片零零散散堆在客厅，我不清楚她怎么就挑选了埃里克·侯麦。对于她这个年龄的孩子来说，侯麦的片子难免过于沉闷晦涩。当她把《克莱尔的膝盖》、《飞行员的妻子》和《我女朋友的男朋友》看完，我极力向她推荐岩井俊二和佩德罗·阿尔莫多瓦。在我看来，忧郁和狂欢的叙事可能更对她的口味。可是她皱着眉头反问道："这个导演，一辈子只拍了这几部片子吗？"这样，她又看了"四季"系列和"道德"系列。和我想象中不同，她说她最喜欢的是《冬天的故事》。我不知道她为何这样说。她应该更喜欢《秋天的故事》，里面有一座迷人的葡萄庄园。

她的头发比我刚搬来时长了，黑了。我记

得冬天时她戴顶黑色雷锋帽,就像刚下火车的东北人,浑身笼罩着针叶林带的沼沼寒气。如果不看她的眼,你肯定以为这是个孤僻的男孩。我上一次见到她,她还是嗷嗷待哺的婴儿,整天蜷在姑妈怀里喂奶。当她犹豫着把帽子摘掉,我发现她剃了光头……到了春天,她的头发才根根耸立,毛扎扎犹如初生刺猬的酰棘。"别碰!"当我忍不住伸手摸时她警告我,"爪子拿开,小心本姑娘瓶你。"

她总称自己为"本姑娘"。

我怀疑用不了多久,她就把我的一千多张碟片看完了。从北京搬到这个叫云落的地方,除了这些碟片和几件衣物,我什么都没带。不是不想带,而是压根没什么可带的。北京住了八年,除了干燥性鼻炎、胃溃疡、慢性咽炎、颈椎增生和几任女友,我最大的收获就是这些电影了。当然,这和我的职业有关。我在一座大学教授影视写作。当了几年讲师后,我的失眠症越来越严重。刚开始我并没在意,等到最后连大剂量的安眠药都无法让我的双眼闭合时,我辞掉了工作，来到了这座小时曾客居过的沿海县城。在我印象中，这里的空气终年是那种海蛎子味的糊腥气，既催情又暧昧。夏天遍地都是粉红单瓣的大丽花，粗茂的花蕊栖着小蜂鸟，它们的灰羽翼扑满了花粉颗粒。我是冬天搬来的，让我遗憾的是，这里的冬天和北京的冬天没有区别：天空犹如一条风干的巨型水母，伞帽罩住陆地上所有的树木、河流、人畜以及它们的影子，只有它的触手变成雪霰时，云落才在午夜变得明亮、温润。你能听到植物的根茎在静穆地呼吸。

还好，我的失眠症到这儿不久就不治而愈。来时我带了两部还没剪的纪录片，一部《恋曲》，一部《我十八岁时也打过老虎》。我先剪的《恋曲》。让我意外的是，每晚剪两个小时的片子后我就哈欠连天。我再也用不着大把大把地吞食药片了。那些曾经离我远去的甜蜜夜晚，现在以一种慷慨馈赠的方式还给了我，让我在这座并不熟稔的县城里独自享受着黑夜重又带来的荣耀。

2

"哥你发现没?"和慧皱着眉头问我,"侯麦的电影里,人们总是不停地说话。"

"是啊,"我想了想,"那是他们心里的秘密太多了。"

和慧不屑地撇撇嘴,然后跟我下五子棋。我们的规矩是下五盘,五打三胜。多数情况下,我们只要三盘就结束了棋局——我一盘也赢不了。"你应该找位老师学围棋,"我说,"这种小儿科的游戏太浪费你的天赋了。"

"好吧,等我的病好了,我就拜个师父。听说县委有个姓张的秘书,曾经赢过马晓春。"

她得了再障性贫血。我来这儿之前,她刚在北京紫竹潭医院做完入仓手术。据说她被关进无菌仓里待了二十八天。她身体里的白细胞都被杀死了,然后医生往她的血液里注入兔子的细胞,让它们形成新的抗体。她曾跟我说过在无菌仓里的事。她带了一本《心经》和一台收音机。《心经》是姑妈送她的。姑妈在她得病后就成了一名居士,每日烧香拜佛。和慧白天读经书,晚上听午夜谈心节目。她说她最喜欢一个叫马克的男主持人,他总是劝导那些丈夫出轨的女人学会忍耐,这是让她失望的地方,可是他的声音就像"春夜里的黄莺",这样,马克又成了一个可以让她忍耐的男人。

"你的意思是,这个男主播的声音很娘?"

"喊,"她白我一眼,"你怎么这么损啊?我是说,他的声音老让我想起云落镇的春天。河呀芦苇呀翠鸟呀什么的……还有七星瓢虫。"

"你……有没有喜欢上他?"

"怎么可能呢?本姑娘心静如水。佛曰,无挂碍故,无有恐怖,远离颠倒梦想,究竟涅槃。哎,你这种没有慧根的人,跟你说你也听不明白。"

下完五子棋,我们就都不知道要干些什么了。有时我们手挽手去街上逛逛。姑妈叮嘱过我,和慧最怕感冒。通常我们只从住所溜达到一家叫"司马川造型室"的理发店,然后开始返回。她看上去一点都不像个病人,我们都相信,她体内真的形成一种全新的白细胞了:犹如上帝重新创造了万物。

"等我痊愈了,我就没空陪你了,"她总是快快地说,"我要去读高中了。可是你怎么办啊?谁来照顾你?"

大抵她把我当成了她的弟弟或者她未来的儿子。除了给我做早餐,还学会了用双桶洗衣机洗衣服。她最喜欢没事了,光着脚躺在客厅的地毯上晒太阳。那块地毯是我一个学生从新疆克孜勒苏柯尔克孜自治州带回来的,上面绣着紫葡萄和肥绿的叶子。她穿件绛紫色的毛衣蜷缩在上面,仿佛就是缠绕的枝蔓间一粒饱满的果实。她的脸在初春阳光下依然是没有任何血色的瓷白。有时我给睡着的她悄悄盖上块毛毯,然后抽着烟,凝望她嘴唇上面细细的绒毛。

"我都二十七八了,不用你这个小毛孩操心,"我安慰她,"况且,没准哪天我就撤了。""去哪儿啊?"她急急地问,"还要回北京吗?"我点点头。她撇着嘴说:"喊,北京有什么好的?

就是个巨大的坟场。"

我不清楚为什么北京在她眼里会是个巨大的坟场，我斟酌着说："不一定回北京啊……我有个导演朋友，带着孩子老婆去湘西养鸡。他们的房子盖在一棵大榕树上，没有屋顶，晚上一睁眼，就能瞧到满天的萤火虫。"

她不吭声了。她的嘴唇若是抿起来，上帝都别想撬开。

见到那个男人时我跟和慧都有些吃惊。这是我第一次见到我的邻居。从搬到这儿开始，我对面的这家住户一直静悄悄的，仿佛他们从来都不用外出上班、采购和散步。只有深夜，我常常听到楼道里传来若有若无的脚步声，接着是窸窸窣窣用钥匙开门的声响。而这次，我跟和慧看到一个男人正扶着防盗门呕吐。楼道里很静，我俩默然地盯着他佝偻着腰起伏，每当他稍稍直起腰身，涌喷就无可抑止地重来一次。到了最后他不得不缓缓蹲踞下去，两只青筋暴起的手颤抖着抵住防盗门。

"你没事吧？"我忍不住问，"你稍等，

我去给你倒杯水。"

男人这才扭过头看我。这是张虽然痛苦却仍显英朗的脸。"不用,谢谢你。真的不用了。"他重重地摆摆手,刚想说什么马上又紧紧扼住喉咙,片刻才慢吞吞道:"这样蹲会儿……就好了,就好了……"他说的是纯正的云落方言,"真不好意思,让你们见笑了,"他挤出一个微笑,然后自嘲似的说,"可是,谁没喝多的时候呢,对吧哥们?"

我跟和慧进屋,和慧去拿纸巾,我去倒水。等我们出来男人已然不见了。楼道里除了那堆难闻的呕吐物空无一人,只有阳光从北面的窗棂隐约着筛进,温吞地覆着爆皮的、酱紫色的楼梯扶手。"为什么男人喝酒非得要喝吐?"和慧躺在沙发里喝着橙汁,"我爸有时也这样,恨不得连心肝肺都吐出来。"她把橘子皮撕成一小绺一小绺,随机扔在沙发靠背上、电视柜旁的角落,要么将橘子皮汁水挤泚到书页上。她说,这样的话房间的每个缝隙就全是橘子味儿,毫无疑问,天然的橘子味儿是世上最迷人的气味,在这样的气味里躺在床上看一本同样散发着橘子味的书,就是人生最大的乐趣了。

这孩子喜欢使用诸如"世界"、"人生"、"美好"等一干词,仿佛这些词汇一旦从她嘴里说出来,她就真的享受到了美好的世界和人生。

"哥,你喝醉过吗?"和慧问,"你喝醉了是不是也这样丢人?"

我盯着这个女孩。她的瞳孔是浅棕色的,瞳孔与眼白的边界有些模糊,像是海与天没有清晰的、大刀阔斧的界限。这让她看上去总是一副混沌、茫然甚至蔑视的神情。"我当然喝多过。每个男人都喝多过,"我一本正经地说,"没醉过的男人,是没有梦想的男人。"

和慧"咯咯"地笑,连肩胛骨都抖起来。

这个晚上,我接到了仲春的电话。说实话,我未曾料到她给我打电话。她说,她下个月要结婚了,结婚前她想见我一面。我告诉她,我离开北京有段时间了。她沉默了会儿,然后问我到底在哪儿?当我犹豫着告诉她在一个叫云落的县城时,她马上以惯常那种不容置疑的口吻说:"把地址发过来。这个礼拜六我去看你。"

3

我和仲春是去年秋天分的手。我们分得很干脆,大有老死不相往来之势。分手的原因也简单:她坚信我有了外遇。我极力辩驳,但屁事不管。她是那种认死理的人,光认死理也罢,问题在于她自以为智商比朱迪·福斯特还高。也许真的是吧?从合肥一家娱乐小报跳槽到上海某家大媒体,她只花了四年时间就混成新闻部主任。我们见面是在一次酒会上。我曾经的导师、现在的系主任经常带我参加这种文化人的酒会。在酒会上你会遇到很多这辈子你再也遇不到的人。我总是保持着一个年轻人应有的礼貌和谦卑,只有离开时才有种冲完马桶的快感。那天我一直感觉有人盯着我,可我不清楚那人是谁。这让我很不舒服,也让我有点小小的得意。

七天后我的导师告诉我,他的挚友,某国

驻华使馆夫人想给我介绍女友。"你也老大不小了，"他说话时并没瞅我，而是盯着墙上的一幅海报，"伍迪·艾伦不是说过嘛，善是一种被动的美德。结婚也一样。"我知道这句话肯定不是伍迪·艾伦说的。我的导师喜欢杜撰名人名言。他喜欢把自己腐朽的人生箴言套上华美的外衣，就像蔡明亮总喜欢用那种乏味的、粘稠的长镜头一样。

　　这个女人就是仲春。我们谈婚论嫁是两个月之后的事。矛盾也出在这儿：她想结婚，而我不想结婚。她可能是这辈子最适合我的女人。她把工作从上海调到了北京，甘愿从新闻部主任退居驻京记者站的记者。对她而言这是不小的牺牲。她总认为自己走的每一步都是最好的那一步。她先劝导我，不能再拍纪录片了，拍纪录片的过程就是一个破产的过程。那时我拍了四部纪录片，有一部是关于卫星发射残骸的问题。因为这部片子，我被某部门请喝过下午茶。新拍的这部《恋曲》是我用了一年时间，跟踪拍摄的夜总会"公主"的私生活。"你过了愤怒的年龄了,"她看着我,"我们马上就老了。现在的人,不是闲得像宠物,就是忙得跟牲口一样。我们要争取当牲口。不是有个赞助商,请你拍一部关于密室的电影吗?你干嘛不接啊?"

她说的没错。独立纪录片打娘胎里就开始赔本,都是导演自己掏腰包。整个行业处于一种单打独斗、散兵游勇的状态。片子拍完了,只能参加国内外的独立影展,或者到咖啡馆、书店、高校去点映,然后被专业研究机构研讨收藏……这就是独立纪录片的命。可是,我喜欢纪录片,我喜欢这样的命。去年我从阿姆斯特丹回北京后,就跟她分了……

第二天上午,我正琢磨着是否给仲春回短信,以及用如何的口气来劝阻她的云落之行,门铃响了。我知道不是和慧。清晨时她给我打过电话,说有点感冒,不能给我做早餐了。那么不是收水费的就是收物业费的了。我打开门。是个陌生男人,穿件板正的白衬衣,恍惚哪里见过。

"我是你邻居,不认识了?"他笑着说,"昨个……昨个……谢谢你啊……"

我才想起,他就是昨天扶着门框呕吐的男人。

"有事儿吗?"对于这位邻居,我并没有交往的热忱。

"哦。我是来谢谢你的。"他提了提手中的塑料袋,"我给你买了些美国大樱桃。"

"很贵的,你太客气了。"

"你不是本地的吧?"他把袋子放到门口,随手递给我一支香烟,"在这里做什么生意?"

"哦,我……"我不知该如何介绍自己,"我嘛,无业游民,从北京来的,瞎混。"

"无业游民?我看你倒像是搞艺术的,"他突然有板有眼地说起了普通话。他的普通话说得跟云落方言一样流畅自然。他觑着眼瞄我两下,烟圈从苍白的嘴唇里慢悠悠地飘出,"搞音乐的吗?我知道北京有很多搞地下音乐的。你们啊,确实不容易。"

也许,他以为所有梳辫子的男人都是摇滚

歌手？我没有辩解也没有否认。他将烟扔掉，搓搓手，然后直愣愣地伸出来。我这才意识到他要跟我握手。"我叫苏恪以，在'郝大夫门诊'上班。以后有什么事儿直接找我。不过，那种地方和火葬场一样，最好一辈子别去。"

我漫不经心地点点头，同时闻到了他指间淡淡的酒精味儿。他下楼的速度很快，转眼间就在迂回的楼梯间消失了。这个走路猫一样的男人仿佛脚上长了肉垫，没有一点声息。

那天中午我考虑再三还是没有给仲春回短信。她来云落干吗？这个当口她该忙着布置婚房，去颐和园拍结婚照，或去婚庆公司试穿华美的婚纱……我迷迷糊糊地啃着冷馒头，接到了姑妈的电话。姑妈说和慧有些发烧，而且烧得越来越厉害……我听得出她竭力控制自己的情绪。这是和慧做完入仓手术后第一次发烧。也就是说，入仓手术其实并没有彻底成功，或者说，入仓手术失败了……姑父去市里培训，她让我一起送和慧去县医院。

和慧的各项指标都很糟，医生建议输血。

姑妈跑前跑后地办理各种手续，我就在病床前守护着她。她平躺在床上，双眼紧闭，眼球突兀地鼓出来。我就说和慧啊，没想到你还长了双金鱼眼。和慧"扑哧"声笑了。她还能笑出来。她睁开眼直勾勾盯着房顶，"世界上有本姑娘这么漂亮的金鱼吗？"我说有，你没看过宫崎骏的《悬崖上的金鱼姬》吗？她探出左手掐我的胳膊，气呼呼地说："不许侮辱本姑娘的绝世美貌。"

"我是由衷地赞美啊，本姑娘。"

她不吭声了，过了好久才睁开眼，喃喃自语道："侯麦的电影里，为什么人们总是不停地说话呢？"

"他们……心里不想藏着太多秘密。"

"他们走路时说，上床时说；跟朋友说，跟陌生人说；在地上说，在飞机上也说。"

"他们只有不停地说话，才有安全感。"

"你发现没有？他的每部电影，都有书和书架出现，女人们无聊时拿出本书看，几个人谈话冷场时，其中的一个人就从书架上拿出一本书来读。不同的房间里更是放着或大或小的书架。在《春天的故事》里,几乎每个场景都有书。"

"书和书架……是侯麦电影的一种'姿势',这姿势就像一个人拍照时,手没处放,只好插在兜里或抱在胸前。你可以去考我导师的研究生了。"

她终于闭嘴了。她的嘴唇比曝光的底片还模糊。

后来,我盯着血一滴一滴流进她的身体。她睡着了。她不饶舌的时候,真的比金鱼姬好看多了。

4

和慧三天后出的院。出院后第一件事就是跑到我这儿看电影。这次她迷上了大卫·林奇。我觉得对一个刚出院的虚弱女孩来说,大卫·林奇实在不是最好的选择。可是有什么办法?她先看了《象人》,然后快进看《我心狂野》。她这个年龄的孩子，其实更适合看《绯闻女孩》、《真爱如血》之类的美剧。当她拆《穆赫兰道》的封皮时我一把攥住了她的手。我说我饿了，你想吃什么？她懒洋洋地说，听说捷克街新开了家羊汤馆，里面的牛肉饼据说是世界上最香的。

我们就去吃牛肉饼。如果没记错，那天她总共吃了三块。当她用餐巾纸擦拭着油腻的嘴唇时，我突然很难受。她这次总共输了六袋血。

"如果不是我的胃太小了，我还想吃一块，"她伸了个懒腰嘟囔着说，"世界上为什么有这么香的牛肉饼啊！让本姑娘如此失态。"

"你妈不是嘱咐过你吗？要吃清淡的。比如菠菜啊、芥蓝啊、空心菜啊、木耳菜啊……"

"本姑娘老老实实做了这么多年尼姑，偶尔沾点腥吃点荤，也不是什么大罪过。"

"尼姑，你的牙缝里有根韭菜。"

她就卷了团餐巾纸扔过来。

我们回家时，楼梯口停着辆红色跑车，在跑车旁边我看到了一个女人。女人穿着件柔软的咖啡色长裙，嘴唇猩红，发髻高高挽起，鼻翼两侧沾着几粒细小的沙粒。云落的春天总是迂回刮舞着从遥远的内蒙吹来的黄沙,这里的女人们总是裹着黑白相间的碎花纱巾和臃肿的风衣,看上去就像一群哺乳期的奶牛。她定定地看着我,半晌才叹息道:"张文博啊张文博,小日子过得不错嘛,都成相扑运动员了。"

这是我跟仲春分手后第一次见到她。有那么片刻我恍惚起来,仿佛我还住在回龙观,我们正要坐13号线地铁去中国大剧院看演出。她最喜欢王晓鹰导演的《哥本哈根》。这是部奇怪的戏,没有正常逻辑的时空概念,只是三位鬼魂科学家在破碎、颠倒、重复的时空里絮叨着清谈。他们谈一九四一年的战争,谈哥本哈根九月的雨夜,谈挪威滑雪场的比赛,还谈纳粹德国的核反应堆;他们谈量子、粒子、铀裂变和测不准原理,还谈贝多芬、巴赫的钢琴曲……我记得我们在小剧场看了五遍。仲春总是喟叹说,有时她真的想不清这世界是否真的有绝对的对与错。对她这样轻微的不自信我倒有些莫名的窃喜。

"你哑巴了？"仲春笑着说，"我还没吃饭呢。我特想吃重庆火锅。"

这样，我们又吃了第二顿晚餐。仲春像条饥饿的豺狗，很快将三盘肥牛一扫而光，我只好又给她点了两份五花肉、一盘基围虾和半份黑鱼滑。我很想问问她是怎么找到这儿的。可是看着她略显疲惫而又饕餮恶食的模样，我想我最好还是保持沉默。后来，她放下手中的筷子，用纸巾将手指和嘴巴擦了又擦，从包里掏出一管口红不慌不忙涂抹起来。当她把葱绿色的围裙解下来时她叹了口气，木木地凝视着我，心不在焉地说："这里的火锅真难吃啊。"

和慧一直默视着她，就像母亲怜惜地注视着自己的女儿。也许仲春留意到了，她笑着朝和慧晃了晃手，说："和慧长得真好看呢，像俄罗斯套盒里的姑娘。"

和慧羞涩地笑了，缩头缩脑地问："你是谁呢？哥哥的同事吗？"仲春瞥了我一眼，又瞥了和慧一眼，朝我眨了眨眼睛说："我是谁呢？这个问题我真的要好好想一想。"

那天晚上，送和慧回家的路上，三个人谁都没怎么说话。我和仲春回返时，仲春说："你这个小表妹，真是精灵古怪呢。"我"嗯"了声，对她说："走吧，我陪你去旅馆办手续。带身份证了吧？"我记得我们当时站在一棵西府海棠下。仲春向前跨了一步犹豫着抱住我。她身上的香水味道很淡。我闭上眼大口大口呼吸着她脖颈间熟悉的香水味，一双臂膀始终没将她揽入怀中。如果有路人经过，会看到一个女人紧紧拥搂着一个男人，而男人的手臂却弯曲着举向空中，犹如不得不缴械投降的俘虏。后来她猛地推开我，用一种极度厌恶的眼神剜着我，似乎要把我所有的骨肉剔下来。"我想喝酒，"她不耐烦地说，"我真的想喝酒！""这里没有卖二锅头的。""放心好了，我自己带了！带了一箱扁二。""……你还带了什么？"

她沉默了。我听说她找了个雕塑家。我知道这个雕塑家。他在798挺红的。他最有名的一组作品叫《时光的种子》：所有人，无论男女，都长了一尾蝌蚪般的圆润头颅，胸部犹如得了巨乳症般耸然隆起，而他们的双手总是漫不经心地护住私部，仿佛在这个世界上，时光从来就没有流逝，而是被人类秘密储藏在精囊或者子宫里。他很有钱，据说在昌平有几套带温泉的房子。看来，那个使馆夫人真如我导师所言，是个"有着原子弹般爆破力"的女人。

那天晚上我和仲春在客厅里喝酒。她没带一箱红星二锅头，而是带了两箱。我们先就着鸭脖子喝了一个。喝完后她久久地看着我。她的瞳孔在嗡嗡的静电流动声中变成了幽碧色。"再来一个吧！"她随手扔给我一瓶，"我记得你能一口气喝五个来着。"我拧开瓶盖灌了一小口，解释说，自从搬到这里我就很少喝酒了。一个人喝酒很傻逼。"你干嘛来这儿呢？"仲春恍惚着说，"连直达的公共汽车都没有。"我没有回答她。我确实不知该如何作答。等我们把第二瓶喝完，我跟跄着站起来走到她跟前。她仍在沙发上偏腿坐着，这样，我只能把她的脑袋紧紧搂在日渐隆起的小腹上。她的身体开始被电击般抖动，如果没猜错，她一定在嘤嘤着抽泣。我将她搂得更紧，像搂着自己的影子。她挣扎着直起腰身将灯灭了。她一向不喜欢在明亮的光线下做爱。

那天晚上她比任何时候都疯狂。当我们从咿咿呀呀的木床滚落到地板上，我发现快要下雨了。耀眼的闪电在污秽的白色墙壁上劈开一朵又一朵诡艳的波斯菊。我流着汗顺手将棉被抻到潮湿的地上。在一阵紧似一阵的雷声中，我们仿佛两条垂死的鲶鱼纠缠厮打在一起。日后想起那个夜晚，我唯一的感觉是她是一个男人而我是一个女人。当我试图将她压倒在身下时她猛地扑倒我，重又稳稳坐上我黏乎乎的身体。她最喜欢我的六块腹肌。当另一簇闪电在漆黑的房间瞬息盛放时，我看到她睁着眼死死俯视着我。我闷哼一声，将仿佛不再属于我的身体挺动得更勇猛……最后几秒来临时，我惊讶地发现我们已从卧室滚到了厨房。在一波一波的痉挛中，我凝望着餐桌上黑魆魆的面板、刀具、电磁炉和半盆吃剩下的萝卜牛肉汤。

她一声不吭地从我身上爬起，半晌方才商

量着问:"不如……我们再喝点?"我疲惫地说好吧。她拿了两瓶二锅头。这样,我们坐在冰凉的地板上裸露着身子继续喝酒。窗外的雨点也终于落下来。我们听到劈里啪啦的雨滴嘹亮急促地击打着屋顶。夏天就要到了。

翌日醒来时我的头还在眩晕,只要一睁眼世界就急速地旋转,同时喉咙里异物上涌。等我终于镇定下来大声喊着"仲春仲春"时,突然听到一个男人的声音,"哎,终于醒了啊?"我耸身而起。一张方正的脸淡淡扫视着我。除了那个叫苏恪以的邻居还能是谁呢?"你怎么进来的?"我愣愣地乜斜他一眼,随后大声喊着仲春的名字。

苏恪以搓着手说:"我上楼时,你的门敞着,等我浇完花去上班,你的门还敞着。我怕你家来了小偷,就进来瞧瞧。结果瞧到你在沙发上裸睡。"

我慌乱地拽了条被单盖住下身,磕磕巴巴问道:"你没有看到……那谁吗?"

"没有啊,"苏恪以说,"你这儿经常来女人吗?"

我支吾着说我女友从北京来看我。"很高，很瘦，"我用手比划了一下，"像根甘蔗。"

苏恪以摇摇头说："那我就不知道了。我要去上班了。喏，给你瓶云南白药喷雾剂吧。"看我狐疑地盯着他，他咧嘴笑了，说："你去照照镜子吧。"

我这才感觉浑身疼痛。镜子里的男人还是把我吓到了。浑身淤青，尤其是胸脯上有条渍着血痕的印记。我极力回忆昨晚的每一处细节，然后忧伤犹如河水漫过干旱的荒地。我在屋子里转了一圈还是没找到仲春。往楼下观瞧，她那辆红色跑车不见了。打她电话，关机。于是我知道，这个做事从来不出差错的女人，已经回北京了。我茫然地盯着墙上的钟表。时针和分针正好指向十二点。

我颓坐在沙发上，直到和慧按响门铃。

5

"我早晨起晚了，就没过来，"和慧打着

哈欠说，"昨晚好大的雨啊。雨是最好的安眠药了。咦？仲春姐呢？你们不会还没吃早饭吧？"

我说仲春走了，她有很重要的采访赶着做。和慧"哎"了了声，"我还想待会儿给你们炖鲫鱼呢，"她扬了扬手中的塑料袋，"鱼鳞都刮好了。"

"你今天感觉怎么样？"我摸摸她的额头，好像还有点热。

"没事啊，"她掸开我的手，"本姑娘好着呢。"

她的脸还是白，眼圈有些黑肿，只有那双大眼依旧往日般骨碌碌乱转。"你们喝了这么多酒？"她收拾着躺在地上的空酒瓶，"不过，这瓶子倒挺可爱，当花瓶不错呢。"

她把鱼炖上后开始看电影。她这次看的是《蓝丝绒》。这部电影是从一朵朵缓缓初绽的玫瑰开始的，有人在草地上发现了一只耳朵……我记得中间有一个镜头，是那个黑社会老大——一个干枯如死神的男人戴着吸氧罩强迫女人做爱……我把播放机关了。

和慧一愣，"干嘛？"我说我想和你谈谈。和慧问："谈什么？"我说就是随便谈谈，比如你住院的经历，比如你做过的最有意思的梦，比如你最喜欢的男生，比如你……"得了吧你，"和慧呲着虎牙说，"我可不是孩子。本姑娘什么大风大浪没经历过？你这种蹩脚的心理医生免谈。放心，我好着呢。"她沉默了会儿，倏尔笑着问："倒不如你谈谈你自己吧。比如你的电影，你电影学院的学生，比如……比如你那些女朋友……"她的脸有点红，"比如，仲春姐……"

"你个小滑头，"我弹了弹她脑门，"她是我前女友，早分了。"

"可是她……好像还喜欢你，"她咬着嘴唇笑，"你好像也还很喜欢她啊。"

提到仲春，我心里一动，忍不住再次拨她手机。提示音仍是无法接通。也许她在高速公路上，手机一直关着？她一直是个谨慎的人。

"鱼熟了吗？"我问和慧，"别忘了放几瓣菠萝。"

"本姑娘做菜,你只管出牙齿和舌头。"

那天下午和慧在沙发上睡得很甜。我抽着烟在屋里来回踱步。我突然想起,昨夜我和仲春在地板上翻滚时,她突然用手扼住我的喉咙气喘吁吁地问:"你……还爱我吗?"在黑暗中根本看不清她的眉眼,我憋得一句话都说不出,还好她片刻就松手,咬着我耳朵继续问:"你那次去阿姆斯特丹,到底搞没搞那个台湾女人?"我想也没想地摇摇头。她就饥饿的章鱼般缠住我水淋淋的四肢,仿佛终于在海草间逮住了一条钻出洞穴的石斑鱼。

她说的那个台湾女人,是我在阿姆斯特丹认识的。她也是个纪录片导演。这是个娴静的女人。回到北京后我曾联系过她几次。仲春怎么就发现了?也许女人的鼻子都如猎犬般灵敏,仲春自始至终只问我同一个问题:你们做爱时,有没有吻她?我不耐烦地说,我跟她连手都没碰过,更不谈上接吻!说实话那段时间我几乎被仲春搞疯了。每隔一天,无论是吃早餐还是洗澡化妆——只要我恰巧在她身旁,她都用一种淡然的口气问：你们做爱时，有没有吻她？她说这话时通常嘴里嚼着煎蛋或脸上敷着面膜。刚开始我还耐心解释一番，后来我只能盯着她古板的、犹如面具般阴霾的脸庞，内心升腾起莫名的厌恶……

"家里有人吗？"我听到门外有人喊，"是我！你们家门铃没电了！"

苏恪以又来了。他手里拎着个袋子，"我给你拿了些解酒的药，还有瓶红花油。哎，你们这些外地人，身边没个亲戚朋友，不容易呢。"

我这辈子从没遇到过如此热情的邻居。接过袋子时我思忖着说："晚上……有空么？在这儿喝两盅吧。"说完我就后悔了。我们还没熟到一起喝酒的份儿。

他明显愣了片刻，随即爽快地应道："没问题！没问题！那我先去街上买几个菜。"没等我阻拦他就下楼了。我说过，他走路的声音异样安静，犹如脚上生了肉垫的猫科动物。

等苏恪以回来时和慧已经走了。他买了只赵四烧鸡，还有两斤驴肉。"天上龙肉地下驴肉"，这是最好的下酒菜。虽是邻居，还是难免生分拘谨，刚开始两杯下肚，谁都没怎么吭声。等一瓶小二没了话才渐渐多起来。他说，他其实没住在这儿，房子也不是他的，而是一位哥们的。那哥们平时住在海南。不过房子里倒是有十几盆昂贵的植物，每隔一两天都要过来浇水。当然有时喝糟酒喝多了，也到这里打个盹歇歇脚。

"不过，"我打趣道，"带女人到这里约会，倒是个好地方。"

苏恪以的脸色似乎有些尴尬，"怎么会呢……怎么会呢……人家的房子……要讲究的。"

他没否认带女人，只是否认带女人到这里。"你在诊所是不是很忙？"我有一搭没一搭地问，"生意好吗……"

"人吃着五谷杂粮，干着三十六行，哪有不生病的？"他说，"下午刚给一个建筑工人包扎好伤口，就来了个醉酒的小伙子，连呼吸都没了……"说道"呼吸"两字时，他的喉结在细长的脖颈上急速地做着活塞运动，"哎，天天混日子，真可惜了我这双手。"

为了证实自己所言非虚，他把左手静静地伸到我眼前。这是双修长、白皙到近乎透明的手。让我讶异的是，他的手指竟然没有螺纹，掌心也没有迷宫似的纹络。也就是说，这个叫苏恪以的家伙，是个没有掌纹的人。他根本没注意我好奇的眼神，而是继续自言自语道："你知道吗？我大学时最喜欢的课程是人体解剖……"他的中指和食指快速旋转了一百八十度，仿佛他的手指间夹着把锋利的手术刀，"我热爱解剖学，"他笑着说，"我们班的同学闻到福尔马林的味道都会呕吐，只有我……"他顿了顿，似乎想继续说下去，又似乎在犹豫。我就说，人的天赋是有定数的。他点点头说："也是。比如我，原来分在县医院的急诊室，干了几年，觉得挺无聊。恰巧我的哥们老郝开了个诊所，就到他那里帮忙，一晃也三四年。"他端起酒杯和我碰了碰，"我们这些人哪，总是和我们的梦想擦肩而过。"

他用了"梦想"、"我们"这些词，让我不得不重新审视他。他眯缝着眼看我，仿佛在等我郑重其事地说点什么。我什么都没说。我真的不知道该说什么。"你是个有意思的人,"他拍了拍我肩膀说,"一个外地人到这儿,什么都不做,整天睡觉喝酒。真是个有意思的人,啧啧。"他轻蔑甚至有些嘲讽的口吻让我很不舒服。于是我说,我曾是位大学老师,只不过辞职了。

"干嘛辞职呢?"他将一只鸡翅膀撕下,牙齿轻轻咬住,"你是教什么的?"

"教什么……"莫名的沮丧让我后悔邀请他一块吃晚饭了,"哦,我在电影学院教戏剧影视文学。"

"多好的职业啊,"他笑着说,"那你拍过电影吗?"

他没有像普通人那样盘问我都教过哪些明星学生,以及那些明星的花边逸事,这倒让我有些意外,"没有,"我解释说,"大部分电影学院的老师,都不拍电影。"

"哦,纸上谈兵啊。"他似乎有些失望。有那么片刻他愣愣地盯着手中的鸡翅。他的牙齿像把手术刀,将鸡翅上的肉刮得一丝不剩,只有两根细骨节忧伤地绽着油光,后来他干脆把鸡骨塞进嘴里悄无声息地咀嚼起来,仿佛他已经饿了多少天,"要是你拍电影,我倒有个好故事,"他叹息了一声,重又眯缝着眼凝视着我,"我敢保证,你一辈子都不会听到这么好的故事,真的,"他举起杯自己喝了一大口,然后迟疑地问道,"你,见过天使吗?"

6

"你怎么又喝了这么多酒?"和慧不耐烦地说,"这么年轻,哪能这样混日子啊。"

我闷着头喝粥,一句多余的话都不敢说。我的头还很疼。我记不起昨天晚上我到底跟苏恪以喝了多少酒。说实话,他是我遇到的人里最能喝的。我记得他手里的绿色瓶子空了一个又一个。他只是稳如磐石地坐在那里。我还隐约记得他说了很多话,这个冷静的医生喝酒之后,舌头似乎就伸到云层之外,每一句都让人抓不住。他好像说他曾经在诊所给一个女人割过阑尾。这个女人的肩膀两侧长了两只翅膀……难道女人割阑尾还要脱光衣服吗？他还说过什么？他说，这个女人其实是个天使，当然，这是他跟她同居了一段时间后发现的……我使劲眨眨眼，想将昨晚的事想得更清晰。"快去洗洗脸吧，眼角都是眼屎，"和慧将酒瓶洗刷干净，放进袋子里。

"你见过天使吗？"我笑着问她，"昨天有人说，他曾跟一个天使同居过。"

"要是有天使就好了，"和慧严肃地说，"我们就可以趁机跟她打听一点上帝的消息。"

她这次没有看电影。她将那些碟片一张张翻过来倒过去，没挑任何一部。"今天的粥好喝吗？"她缩在沙发里望着窗外，"我忘了放百合。"

"是吗？不过，百合味寒苦，少了它粥会更甜。"

"哦，是这样的啊？"

"你没喝过自己煮的粥？"

"还真没有，"她有些不好意思地笑了，"这种煮粥的方法，是我从谷歌上搜来的。"

"你要是生在古代，就是御厨了。"

"嗯，本姑娘想做的事，还真没有做不成的。"她瞅了我一眼，慢吞吞地说，"其实……有个事想跟你说一下……"

我正给她盛粥，我想让她亲自尝尝粥的味道，"啥事？是不是有小男生给你写情书了？"

"给我写情书的小男生多了，架不住本姑娘心静如水啊。"

"说吧，什么事？"我把粥递给她。她漫不经心地接了，想了想又放到桌子上，"我想去安徽看病。"

"……什么时候去？"

"就在这个礼拜。"

"去多长时间？"

"没准……"和慧咬着手指甲望着我，"你说我要是走了，你怎么办呢？"

我就笑了。

"真的，你人生地不熟的，又懒，又宅，等我回来了，别就饿死了。"

我走过去，将妹妹搂在怀里。她的身上总是那种莫名的药片味道。她好像更胖了。

"不过，本姑娘会天天给你打电话的，"她说，"绝不能让你饿死，本姑娘还等着你拍出侯麦那么好的电影。"

我说："好。"

和慧去安徽时，我去汽车站送她。姑妈和她要先坐汽车到唐山，再从唐山坐火车到北京，然后转火车去合肥。姑父单位有事晚去几天，只能母女先行一步。那天和慧穿了件花裙子，头发毛咋咋的，看上去像朵向日葵。姑妈叮嘱我，让我把租来的房子退掉，去他们那儿住。我只是"嗯啊"地胡乱应允。姑父倒什么都没说，只闷头抽烟。汽车开动起来时，和慧从窗户里探出半个身子朝我大声嚷着什么，我没听清，就跟着汽车小跑了两步。这时姑妈将和慧拽了进去。我和姑父呆呆地望着远去的汽车，直到它彻底消失在越来越狭窄的国道尽头。

和慧走的那天晚上，我像往常一样剪片。《恋曲》总算要剪完了。对于《恋曲》我有种欣喜的厌恶。男主人公是开大排档的，泡上了歌厅陪唱的"公主"。"公主"是农村出来的，一直等男人离婚。我还记得"公主"经常深夜给我打电话。我扛着机子呼哧呼哧跑到她住处，调好镜头等她哭诉。等她嗓子哭哑了，我还是一句安慰的话都不能说。我还拍过男人哄她的镜头，哄着哄着他们就上床了，男人朝我挤挤眼，示意我可以把机器关了……剪片时我有种黏稠的罪恶感——眼睁睁看着女人一点点陷落，却不能提醒她……如果她醒了，故事结束了，我的片子也夭折了。也许我更信奉苏珊·桑塔格的话，如果必须在真相和正义间作选择，那么我就选择真相……那天晚上剪的是男人老婆（她在乡下养鸡）和"公主"一起吃饭的镜头。男人老婆狠狠嚼着麻辣小龙虾……我忘了当初为何给她的獠牙那么长的镜头……我站起来抽烟、上厕所，盯着静止的画面……我睡不着了。到了凌晨一点，我隐隐约约听到楼道里有脚步声，接着是钥匙开门的声响……难道是苏恪以半夜来了？我强迫自己躺在床上数山羊，一只、两只、三只……等山羊多得能开牧场了仍无比清醒。我意识到,我的失眠症又他妈犯了。

尖叫声是在凌晨三点响起的。这是所有正常人该酣睡的时刻。那几声突如其来的叫声尤其显得突兀空旷。我激灵一下耸身而起将灯打开,竖起耳朵细细聆听,然而声音却倏地消失,犹如晴天里一声闷雷后仍是艳阳四射的晴朗。我坐等半天,耳畔只是灯管静静的电流声。我没听清那叫声是男人的还是女人的。我昏昏沉沉地想,或许是野猫叫春吧。这样的季节,万物都在酝酿着膨胀的汁液。

7

第二天中午,我接到和慧打来的电话。她说,她和姑妈还在火车上。火车上有好多好多人。她一点都不喜欢这种蜗牛般的慢车,每隔半个小时就停一次。还好,她对面的魔术师挺好玩,给她变出了只斑点鸽和一只芒果。芒果她吃了,斑点鸽呢,又被魔术师变没了。她说话的声音有点疲惫。姑妈连卧铺也舍不得买吗？最后和慧大声问道："你是不是还没吃东西？我给你买了箱八宝粥，就放在厨房的柜子里。"

那天下午苏恪以见到我时似乎很吃惊。他还是老样子，一件白衬衣，修身暗格西裤，脚上是双尖头皮鞋。"你病了吗？"他上下打量着我，"你肯定生病了。"我正在倒垃圾。我懒洋洋地瞥他一眼说："没。只是睡不好……""失眠？"我点点头。"知道治疗失眠的最好方法是什么吗？"我有气无力地摇摇头。"不是吃安眠药。而是做爱。"我笑了。"真的，失眠者只有在荷尔蒙分泌正常后，才能睡个安稳觉。这是有科学依据的。""我每天左手换右手，还是睡不着。"

苏恪以狡黠地笑了，"晚上请你喝酒吧？喝醉了就睡着了。就像早期治疗精神病时，只要把病人的脑叶白质切除了，病人就安稳了。"

"脑叶白质？"

"是啊。这是早期精神病人外科手术的一种，"他得意洋洋地说，"能让病人减少攻击行为，变得温和有礼。那个精神病学家还因此得了当年的诺贝尔医学奖呢。"

"哦，我想起来了。《飞越疯人院》里麦克·菲墨就做了这个手术，后来成了行尸走肉。"

"你要是有空，跟我去趟诊所吧，给你拿些安眠药，你也顺便溜达溜达。老在家里闷着会生蛆的。"

说不是很远，我们却足足走了半个小时。我住在云西，门诊在云东。我这才发现云落其实是个很大的县城。苏恪以走路的姿势很奇特。大多数人走路时双臂会自然地前后摆动，而他的上半身却保持着绝对静止，双手死死地插在裤兜里，只有臀部和双腿急促着行进，而且每当遇到白色地板砖，他都会灵巧地调节一下步伐，直接踩到红色地板砖上，看上去就像是孩子在玩"跳格子"游戏。这让我怀疑他有轻度强迫症的同时，自己的步伐也被莫名其妙地打乱了，一路走下来竟很累。

"郝大夫门诊"坐落在云东的城乡结合部，是座灰扑扑的二层小楼。那天病人不多，有个姑娘正在给孩子换液体。她看上去年龄很小，个子也不高，脸上泛着浅淡的肉桂色红晕。见到苏恪以她似乎有些吃惊，说苏大夫来了？好久没见到你了啊。苏恪以打着哈哈说，至于想我想成这样吗？我只不过一两个月没过来。姑娘"呸"了声说，你以为你是谁啊？金城武还是王力宏？他们斗嘴时，从里屋走出一位穿白大褂的男人，无疑就是郝大夫了。这是个瘦子，长脸，唇上蓄着抹黑亮的小胡子。见到苏恪以他眉头紧了紧，一句话都没说，径直朝我点了点头。他问我买什么药。没等我回答，苏恪以就介绍说，老郝啊，这是我朋友，从北京来的，大学讲师呢！然后扭头问我，你是哪所大学的来着？北京电影学院还是中戏？他跟郝大夫讲话时用的云落方言，跟我讲话则用普通话。我讪讪地说，早辞职不干了，哪里还是什么老师？苏恪以就说，你这个人啊，最大的优点是谦逊，最大的缺点呢，也是谦逊。

　　苏恪以径自找了些药，三四种也有了，一股脑塞给我。我接了，窸窸窣窣地掏钱。苏恪以不满地说，客气了不是？我就去瞅郝大夫。郝大夫没有吭声，只是静静地盯着我。很少有男人用这种眼神看我。我朝他尴尬地笑了笑，他的嘴角礼貌地抽搐了一下，转身进了里屋。

从诊所出来，我忍不住问苏恪以，你不常来上班吗？苏恪以没有回答。我说，你这样吊儿郎当的，郝大夫会有意见的。苏恪以"哼"了声说，他能有什么意见？我们是发小，多少年的交情了。当初他开了门诊，硬把我从县医院撬过来帮忙。我说交情这东西，跟瓷器一样脆，说碎就碎的，碎了后无论怎么粘补，还是要有裂纹。苏恪以支支吾吾地说，我嘛，只是这段时间有些私事，等我把事情解决好了，会好好帮他的。"没有了我，"他颇为自负地说，"他赚哪门子的钱呢？"我不好意思再说别的。

那天晚上我跟苏恪以每人喝了四个小二。我从没遇到过喝酒如喝水的人。他没有过多客套话，只是朝我晃晃酒瓶，咕咚咕咚灌上一两口，间或从盘子里捏两粒花生米，耐心地搓掉花生皮，慢慢腾腾扔进嘴里，腮帮子一努一努。

我仿佛看到那些被嚼烂的坚果顺着他细长的脖颈滑进胃黏膜。"你来这儿多久了？"他漫不经心地问道，"干嘛来这个破地方呢？"我犹豫着说，小时候在这儿住过一个暑假，很喜欢这里的空气。"哦，原来如此，"他瞥我一眼，"这里的空气不错，都是煤灰、碎纸浆和粉尘。"我苦笑了一下，他叹息着说："哎，这个地方，留不住人的。留不住人的。"

关于那个晚上我们如何跑到"天使"这个话题，我确实没有任何记忆。跟一个喝得酩酊大醉的人聊些荒诞的私事，是一种信任呢，还是一种蔑视？反正我记得他说，那个女人，就是长翅膀的那个天使，让他伤透了脑筋。至于为什么让他"伤透了脑筋"，他说得很明白。他说，为了让天使过上好日子，除了将工资全部给了她，他还不得不每个礼拜六跑到外地冒充专家，给病人做一种被医学界禁止的手术。至于是什么手术，他倒是没说。他给这个天使租了处房子。天使不会做饭，他就给她烧红烧排骨，给她炖乌鸡汤，给她煮海鲜一锅出；天使不会洗衣服,他就给她洗袜子,给她洗内裤;天使喜欢做爱,他就吃"伟哥",好让她高潮迭起……总之,他从来没有对女人这么好过。当时我迷迷糊糊地想,这个恋爱中的医生活得真是不易。他叙述这些"让他难堪的事"时,他的表情貌似冷静克制,可我却窥视到他的眉毛在急促抖动,间或苍白的手指弹钢琴般在油腻的餐桌上用力敲滑几下。他安静地坐在椅子上,我却看到了一个被炙火煎烤着的人。

"你能猜到吗?有天晚上,我在外地就诊结束后,都十一点了,人家给我在酒店订了房间。可是……可是那天我特别特别想她,也许是那个病人长得太像她了。她们都有双看起来像麋鹿那样的眼睛。我连夜打车回来。司机跟我要了八百块钱。说实话,手术算是白做了……"他凝望着我,嘴唇仿佛两条刚吸完血的水蛭焦躁地蠕动着,"多庸俗的情节啊……到了她那儿,我看到她跟另外一个男人……在床上鬼混……"他冷笑两声,手掌紧紧捂住自己的脸庞,良久才缓缓松开,哆嗦着点上支香烟,"我当时差点用刀片割了她喉咙……没忍心……哎，真不忍心啊……我对她拳打脚踢，把她的一颗门牙打掉了。看她嘴角流着血沫子，我更难受……后来我就野狼那样嗥叫，可心里那口气还出不来，用头拼命撞墙……咚咚地撞墙……一个人……"他不可思议似的看着我，仿佛我就是那个用头撞墙的男人，"怎么能这么疯呢？当时觉得什么都碎了，什么都不信了。一切都他妈完蛋操了。完蛋操了。"

我木木地注视着他。他不像个说谎的人。他重新整了整衬衣领子，掸了掸栖在上面的苍蝇，"也许你觉得我神经有毛病，也许你真的不相信世上有天使。可是——"他哽咽着喝了口酒，"如果不是亲眼见到，我也不敢信！他妈的！谁信谁是神经病！"他小心着往狭窄的瓶口里弹烟灰，可还是有一截飘到他漂亮的西裤上，他不得不抖了抖裤子，没抖掉，就低头吹了吹，"有一次我们干完事，我很累，就睡着了。你也知道，我这个年岁的男人，比不得你们，"他讪笑一声，"当我醒来时她没在床上。我以为她去解手,就等她。等了半天也没动静,就蹑手蹑脚地溜达到洗手间,没人,又溜达到阳台。然后……然后……"他的声音和他的身体一并颤抖起来,"我在阳台上看到了她。当时我想,那根本不是她。她站在阳台的扶手上,那么稳当,像是用电气焊焊在上面的一个玩偶……只不过,玩偶的背上长了一对……一对白色的……白色的……翅膀,"他的瞳孔突然放大了若干倍,"那是多好看的翅膀啊,天黑得厉害,可那对翅膀却闪着荧光粉才有的磷光,就像……就像是白炽灯泡下,飞蛾的翅膀……"他用双臂将自己围抱起来,手指艰难摸索着自己的肩胛骨,仿佛在触摸即将从骨头里舒展着生长出的羽翅,"我盯着这个长翅膀的人,盯了很长一段时间。后来……"他长出了一口气,"后来……我想……我是真喜欢上这个长翅膀的女人了。"他快快地看着我,目光如婴儿般坦诚明亮,"真的……我从没这么喜欢过一个人,愿意为她生,愿意为她死……"他摸了摸自己铁青的下巴,似乎在质问自己,"你说，值吗？"

我只一味朝着他傻笑。说实话，这样的人我见多了。电影学院每届都有比他还富有表演天赋的学生。只不过他跟他们唯一的不同在于，他是位诊所医生。"后来呢？"我头疼欲裂，有气无力地问，"你们分了吗？你们这代人，最擅长用别人的错误惩罚自己。"

"没分。怎么会呢……"他的食指和中指来来回回蹭着自己的嘴唇，"分不了……"

"后来呢？"

"后来……后来……"他闭着眼睛，食指轻轻地戳着太阳穴，旋尔目光咄咄地逼视着我，仿佛在质问我一般嘟囔道，"是啊，后来呢？嗯？后来呢？"

我从椅子上章鱼般软软地滑下来。我困死了。我好几天没怎么睡觉了。当你面对一个喋喋不休的酒鬼说着鬼话时睡意会更浓。我是何时枕着沙发靠垫在地毯上睡着的？苏恪以何时辞别？全然忘了。我只记得那天晚上，一种屈辱的幻灭感紧紧攥住我，让我在睡梦里噩梦连连，汗水将地毯都浸透了。

8

醒来时才发现，和慧在晚上十一点打过五个电话。我赶紧回过去，和慧也没接。我猜她和姑妈已经安全到达合肥了。

苏恪以三天两头朝我这里跑。有时带份《新京报》，有时带些猪肚猪肺之类的熟食。更多时候只是过来随便坐坐。我对他带《新京报》很好奇，云落也有《新京报》卖吗？他挠挠头，有些不好意思地解释说，他订阅这份报纸很多年了，他不光订阅了这份报纸，还订阅了《南方周末》、《新民晚报》、《深圳特区报》、《羊城晚报》和《燕赵都市报》。见我诧异的样子，他就诺诺着解释说，他可不想闷死在云落这个破地方。他必须知道外面是什么样子，有什么样的人，说什么样的话，做什么样的事。后来他摸了摸鼻尖，有些羞赧地说，他从年轻时就幻想离开这个地方。他曾经想去法国当雇佣军。"你知道法国雇佣军吗?你肯定不知道,"他有些轻蔑地瞥我一眼,"法国外籍兵团有一百八十多年的历史了,由于英勇善战而名声远扬。你从来没听说过?哎,大学老师也有孤陋寡闻的时候。他们每年在巴黎、尼姆、马赛三地设招兵处,条件一点都不苛刻,要求年龄在三十五岁以下,没有精神病史和传染病史,但是要经过四个月的体能测试,要适应任何地方的气候。无国籍、无居留证的,服役三年后能取得法居留权,五年后可优先申请加入法籍。多优惠的条件啊。"

我看着他滔滔不绝的模样说,除了法国的新浪潮电影,我对法国没什么特别的偏爱。

他有些不屑地笑了,"据我的了解,雇佣军里中国人海了去了。有北京人、福建人、上海人、湖南人。到现在为止,华裔兵已有四十多人复员了。他们有的参加过伊拉克战争,有的从来没有参加过任何战争,只是戴着防毒面具进行训练。他们复员后大多数都住在巴黎地区,当厨师或者当保安,过着体面优雅的日子。"

我很难想象巴黎的华裔厨师或保安过着如何"体面优雅的日子"。我轻轻地打着哈欠。他说他为此还专门去市里学过一段时间的法语，不过他最终发现，最大的困难不是语言问题，而是他根本没有办法签证去法国。

我盯着他一本正经的样子，想笑又笑不出来。

他似乎很忙，坐也是不安生地坐，不时站起来踱到窗前定定地望着楼下。在我看来，这个神色匆匆的医生仿佛在干什么大事。有一天我实在忍不住，就跟他说，要是有棘手的事不妨告诉我，没准我能帮上忙。我以前虽然是个孤陋寡闻的教师，但在北京还是认识几个有权有势的朋友。他当时正在阳台上抽烟，半晌才转过身茫然地凝望着我，嘴唇被黄蜂蜇了般哆嗦几下，又默然闭上。

那天下午我接到一个国际电影节筹委会的邀请电话，让我携《恋曲》参展。他们专门设了一个纪录片单元。据打电话的工作人员说，他们的评委会主席就是拍纪录片出身，对我以往的片子格外钟爱。为了证实所言非虚，他一连串报出了我曾经拍过的几部片子,《天降》、《有一种静叫庄严》……"下个月初把片剪好,然后先送到我们这儿吧。"他以不容置疑的口吻叮嘱说,"这绝对是个好机会,千万别错过。"

这样我又忙起来,失眠也无所谓了。经常是一做就是一个通宵。有时做着做着无端恍惚起来,只得盯着晨曦一层层迫近,听着云雀一声声叫起。和慧打过几次电话,她说,那边的医院环境很不错,有个烟波浩渺的湖,还有座山。山上全是翠绿的竹子和小野花,就像住在仙境里。她说话的语气轻快顽皮,我想起她胖乎乎的脸颊,她短短的黑发,心里一跳一跳着疼。

苏恪以还是副忙忙碌碌的样子。有天他过来喝酒,带了壶云落本地的散白酒。这酒是原浆,七十二度,喝一口能从鼻子里喷出蓝色火焰。他喝了一杯就撑不住了,脸色发紫,靠在沙发上愣愣瞅着房顶。我给他沏了壶碧螺春他也没喝。后来他舔舔爆皮的嘴唇温吞着说,他想跟我说件事。我说,我的耳朵早就洗好了。他"嘿嘿"着干笑几声,盯着茶杯说,其实,她早就走了，这些日子里，他一直在找她。

我不晓得该如何安慰他。我自己的事都处理不好。仲春回北京后一直没有任何消息。她也没有邀请我参加她的婚礼。当然即便邀请了，我也未必参加。我拍拍苏恪以的肩膀说："信我的，最好的药就是时间。用不了多久，你就会彻底忘了她。"他晃了晃头，嘟嘟囔囔说了句什么。我没有听清，他也没有重复。我们就这样坐在客厅里。

"其实，她失踪很长很长时间了，"他终于开口说道，"有多久了呢……我都记不清了……可我还是没法忘了她……"

我记得那次醉酒后他说过，他有个长翅膀的女人，他把她叫做"天使"。那么看样子是"天使"离开他了。"一个人不会无缘无故失踪的。"我说，"你得找自己的原因。"

"不是这样的，"他支支吾吾地说，"她……她……她连动都动不了，怎么说没就没了呢？打个比方，一个植物人会自己站起来去公园散步吗？"

"动不了？什么动不了？"

"嗯……可能是家族遗传原因。她这个年纪得了脑血栓确实很少见。身子动不了，话说不了。连吃饭都是我嚼碎了一口口喂她。她喜欢吃芒果，我就用豆浆机打成汁，一勺一勺喂她。"

我狐疑地望着他，"她家里人呢？也没她的消息？也许她只是回家了。"

"哎，她跟我一样都是孤儿。只不过，我父母是地震时遇难的，她父母是她十七岁时车祸去世的。"

"你没有报警？"

"没有，"他的眼神像骆驼那么疲惫，"我信不过他们。你怎么能相信警察呢？"

这件事本身透着某种诡异。我从不知道他有个卧病在床的女友。在我印象中，他只有个绰号"天使"的女友，她给他戴过绿帽子，他打掉过她一颗门牙。

"有空我跟你一起找找吧。反正我闲着也是闲着。"

"没用的。她真是从云落蒸发了。"他哽

咽着说，"我都怀疑她是不是跑到了另外一个平行的宇宙里。"

我实在不晓得再说些什么。我说的已经够多了。我看着他从沙发上晃晃悠悠着站起来，晃晃悠悠着关上房门走了出去。

有那么一段时间，苏恪以骑着一辆破嘉陵摩托，驮着我在云落县城乱逛。这些街道他已经跑了多次，可是他说，以"天使"的身体状态，她根本不可能走远，没准哪天就突然出现在街头。就算她的身体有所恢复，她的精神状态也有些问题，要是被人拐骗到山里卖掉，或者被那些人体器官贩子碰到，她还有什么活路？我在后座上听他自言自语，往往就迷糊住了。我很难想象我在摩托车上睡着。有一天他突然把摩托车熄了火，我差点从上面滚落下来。他倒一点没有生气，也许在他看来，我肯陪他漫无目的地穿行在大街小巷，已然让他感激涕零了。

"你这样熬夜不行的，"他盯着我的黑眼圈严肃地告诫我，"分泌系统很容易出问题，尤其是肝脏。"我说我睡不着，又有什么办法？

只能干点活儿，不然会更难受，可是越干活越睡不着，就这样成了恶性循环。他叹了口气说："我给你开的药没吃吗？"我苦笑着说，利眠宁天天吃，可越吃越兴奋。他说，哪天给你开些阿普唑仑吧，药劲大。你这样顽固的失眠症患者，我还是头次碰到呢。

有时候我们转累了，就到街边上的小吃摊吃点东西喝口啤酒。云落的小吃没什么特色，除了一种叫饹馇抒子的本地特产，全是米线、凉皮、肉夹馍、麻辣香锅这样的外地小吃。夜晚还有点意思，路边全是烧烤摊，散散拉拉坐着些臂膀文青龙的男孩。通常会有一个彩色电视机摆在烤炉旁，磨磨唧唧地放着足球赛。我和苏恪以每人点只羊蹄，或者烤鱿鱼，各顾各地吃着。吃着吃着我会催促他说，我们再到四周转一转吧？今天还没去捷克街和广宁路呢。我的语气丝毫没有讨价还价的余地，仿佛寻找失踪女友的不是苏恪以，而是我。这不仅让苏恪以感动，也让我自己约略着吃惊。我这才发觉，寻找那个我从未见过的女人，似乎成了眼下我最迫切的事。我感觉自己好像是在一个真实的世界里进入了一个游戏的空间，而且不知道是什么时候进入的。苏恪以红着眼睑抓起啤酒瓶朝我晃了晃，面无表情地喝上两口。有一次他什么都没吃，只呆呆地望着路边的行人。后来他说："你知道吗，我跟她曾经商量过，等我们攒足了三十万，就开一家粥饼铺。我也想透了，去法国当雇佣军太遥远了。再说了，他们很少招女兵。"

我说，我曾经跟女友商量过，有钱了就去丽江开家电影咖啡馆。玻璃上爬着花朵和壁虎，我磨咖啡，她在躺椅里织毛衣，荧幕上呢，放着《四百击》。

"可是现在，连这么简单的想法都实现不了，"他说，"她走了……我觉得我现在就是一具行尸走肉。"他抬起右拳砸了砸自己的太阳穴，"《四百击》是什么，电影吗？"

云落县到处都在拆迁，无论走到哪儿都是股呛人的粉尘味，仿佛你无时无刻不穿行在一个肺病患者的体内，到处是不洁的气味和轻微腐烂的器官。有时剪片剪到凌晨三四点,还能听到打夯机哼哧哼哧的响声从暗夜的某个角落传来,那么空旷那么急促。

那天在街上我们碰到了郝大夫。苏恪以停了摩托车跟他打招呼。郝大夫"嗯"了声后,目不转睛地盯着苏恪以。那种眼神我永远都忘不了,我无法用语言描述。那是怎样的一种眼神?丝丝了了的恐惧?不易察觉的忧伤?还有一点一点漾开去的怜悯?我听到苏恪以大大咧咧地跟他说些不咸不淡的话,郝大夫的小胡子偶尔上下攒动一番。后来苏恪以磕磕巴巴地说,忙完这些日子,就去接活。这件事结不了,心就没法安定下来,即便做手术,也怕出什么差错。郝大夫皱着眉头朝苏恪以使了个眼色,苏恪以才回头瞥了我一眼,然后讨好似的笑着说,自己人,自己人,没事的。又絮絮叨叨说起我的失眠症。郝大夫拍了拍他的肩膀,探着脖颈对我笑着说:"把你手机号给我,我给你配些药。到时候联系你。"

郝大夫走后我对苏恪以说,你哪能这样呢?

我当初为什么从学院辞职？就是因为我经常四处拍片老是请假。吃人嘴短拿人手软，活儿干不好，拿着俸禄心虚；活儿干得好，人家说你干得不好，你还是干得不好。苏恪以"喊"了声说："我跟他什么交情？是小时候穿一条开裆裤的交情！我们都是在孤儿院长大的。何况我一年给他创多少收入？只有他对不起我苏恪以，没有我苏恪以对不起他。"

9

和慧早晨、中午和晚上都会给我发短信。她的信息都很短，"本姑娘在湖边钓鱼"，"本姑娘和小沙弥捉了一只凤尾蝶"，"采了捧蒲公英，上面的小蜜蜂睡着了"，"风从屋檐下吹过，像是诵经的声音"，"八宝粥喝完没？记得去超市买两箱"，"你是不是该理发了？"……这些没头没脑的信息让我在拼凑她的医院生活时有种错觉，那就是她根本没住在散发着酒精气味的医院，而是如她所言，住在一处仙境里。这让我多少有些安慰。这些短信我一条都没舍得删除。

电影节筹委会那边又催过两次,让我加紧剪片速度,他们要在开幕式前看样片。说实话,我的片子以前都由一个圈子里非常有名的专业剪片室做,自己剪还是头一次,多少有点心虚。最好先联系联系他们,然后抽空去趟北京。可翻遍了电话簿,也没有找到他们的手机号。后来我想起仲春曾跟我去过剪片室,没准她有联系方式。犹豫半晌后我打算给仲春打电话。也许她已经度完蜜月了。像她这样的女人,一直清楚自己到底要些什么。她肯定会给雕塑师当经纪人,陪着他鞍前马后,晚上则躺在温泉里读她最喜欢的女性时尚杂志……

她的手机无法拨通。我好像也预料到这样的结果,深深呼了口气,莫名的轻松。

苏恪以仍像只没头苍蝇东跑西颠。郝大夫给我打过一次电话,让我去拿配药。那天门诊上人很多,老人孩子一大堆,嗡嗡嚷嚷的。郝大夫把我叫到里屋,从抽屉里掏出个纸袋递给我,说按上面的配方按时服用就好。我说了声"谢谢",他就摇着头说,你不要客气,恪以的朋友就是我的朋友。我说是啊,苏恪以是个义气之人,只不过……有些古怪。他就竖起耳朵目不转睛地看着我。他的样子有点像调查取证的警察,我只好打着哈哈说,比如……比如……比如他走路的样子……

"没错。他从小就那样走路,上半身不动,下半身动。知道为什么吗?"他扬了扬眉梢,"这种姿势来自他对PTU机动部队的崇拜,这会让他产生一种莫名的荣誉感和……安全感。另外,他初中时学过绘画,对颜色比较敏感,不喜欢把脚踩到白色地砖上,可是,步幅与地砖的长度不匹配,只好每走几步,就调节一下脚踩的位置,看上去就像跳格子。"

"你们……都是地震孤儿?"

郝大夫一愣,也许他没料到我会这么问。"是的……"他的声音听起来没有丝毫不快,相反倒有种奇异的松弛感,仿佛他很乐意回答我这样的问题,"那年死了很多人,云落县是重灾区，据说灭门的就有五百户。我爸妈、我祖父母和我哥哥全压死了。"他的头扭向窗外，似乎窗外就站着那些死去的魂灵，"苏恪以全家也如此……我们从两三岁起，就住进了孤儿院。我认识他都三十多年了。"

"他人很好……"

"没错，"他的目光迎上来，"他从小就稀罕人。院长给我们每人发两块压缩饼干，他舍不得吃，全送给别的小朋友吃。有一次来了个老乞丐，他送了乞丐一块馒头，乞丐就把他抱在怀里，用胡子扎他。那个老家伙浑身是股恶臭的味道，可是苏恪以却舍不得从他怀里下来。老乞丐走的时候，苏恪以就哇哇地哭，没完没了地哭，哭了一宿，结果我们院长用笤帚抽了他一顿。"

我笑了。我突然觉得，郝大夫大概是世界上最了解苏恪以的人了。

郝大夫又说："他打小就跟我们两样。上小学时，每隔三两个月他就失踪四五天。回来时灰头灰脑，脏兮兮的。我们问他去哪儿了，他仰着脖颈说,他去市里看亲戚,那里住着他的两个姑妈、一个舅舅和三个姨妈。"他笑了。这让我有点受宠若惊。我从没见他笑过。一般人笑时,眼睛会由于肌肉拉动变得狭长,而郝大夫的眼睑在瞬间由两侧向瞳孔挤压过来,让他变成了只有瞳孔没有眼白的人。"他从小就撒谎不眨眼。后来我们院长揍了他一顿,他才说了实话。其实他哪儿也没去,就在云落县城边上的几个破村庄闲逛,饿了偷人家东西吃,困了躺玉米秸里睡。可他总是一本正经地告诉我们,他姨妈给他炖的五花肉,他舅舅把家里的柴鸡杀了煲汤喝。他离开时表姐表妹们都抱着他哭,舍不得他走。"

郝大夫说这些旧事时眼角老忍不住滑筛出会心的笑,而当他把话说完,脸上立马像地窖般阴冷。

"不过,我劝你以后少跟他来往,"他的小胡子拱了拱,"不然你会后悔的。他总是让很多人后悔。"

我朝他点点头。我从来不得罪留小胡子的人。

大中午的，我还是吃了郝大夫开的药，吃完后躺在沙发上盯着房顶。我希望郝大夫开的是剂神奇的安眠药。不过失望也是意料中的事。我在沙发上翻过来覆过去，怎么就压到了电视遥控器。我极少看电视，那些粗制滥造的国产剧和虚假的新闻报道不会让人愉悦，只会让人对这个世界更失望。可那天我怎么就无意瞅了一眼，而且只这一眼就被吸引住了。

这是云落县电视台。云落县有两个电视台，一个全天二十四小时卖性药，另一个播完县城新闻后卖性药。一个明显带云落口音的男播音员正激情澎湃地介绍云落的风物。我晓得这几天县里好像正搞什么旅游节，看样子是应景的宣传片。我被吸引的原因不是解说词，也不是云落的景色，而是这部宣传片的拍摄手法。这是在一架小型飞机上拍摄的，飞机由高向低缓缓下滑，在下降过程中，大地上的绿色由朦胧的一团慢慢变成一棵棵的白杨树一片片的高粱地，大地上的浅蓝则由模糊的一摊变成一条条的河流一丛丛的紫云英……摄像师可能是用

RED EPIC 加 MP 头拍摄的，效果看起来很棒。这套设备我曾经接一个广告活时用过，一天的租金是八千元。解说员有条不紊地介绍着这里的野生林，这里的天然湖泊和漫天遍野的金色麦浪。当他提起一个叫云次的乡镇时，镜头里是成千上万亩紫花地丁。他说，这个镇政府要把这里建设成冀东平原的"中药之乡"，随着镜头一晃，村落出现了，黑色屋顶和白色炊烟出现了，最后的镜头定格在一个农家院。一个院子里晒太阳的姑娘刚好抬起头仰望着从天空飞过的滑翔机。我听到解说员激昂地说，广大人民群众的心永远和党的心连在一起……

苏恪敲门时宣传片已经结束了。我对他的来访有些愠怒。困意好不容易一点点弥漫开来。他一屁股坐在地毯上呼哧呼哧地喘息。我不晓得他去哪里了，我只想先睡上一觉。我跟他说，锅里还有些冷菜，要想吃就自己热热。他没吭声。随后我听到了熟悉的音乐声，原来，这部宣传片又开始重播了。我听到苏恪以好像点了支香烟……多年后我还记得在沙发上做的那个奇异的梦。梦里只有嗡嗡的声音,仿佛成千上万的蜜蜂在飞,仿佛小时候电影里看到的无数敌机来袭,但是什么形象都没有,只有令人窒息的声音。

"她!她!是她!!"

我激灵下醒来,或者说我不是醒过来,而是被苏恪以粗暴地摇醒。"她在那儿!我操!她在那儿!"他再次扐动我的肩膀,手臂颤抖着指向电视机。我从没听他爆过粗口,而且是用云落方言说出来。我不耐烦地坐起来,不晓得他抽什么羊角风。

"快穿鞋!穿鞋!我知道她在哪儿了!"

我迷迷糊糊地听他嚷道,刚才宣传片里那个仰望飞机的姑娘就是他失踪的女友。"踏破铁鞋无觅处,得来全不费功夫!"他哈哈大笑起来,笑着笑着旋尔沉默了。他蹦跳着跑进洗漱间洗了把脸,脸上沾着水珠凝视着布满灰尘的镜子。他对着镜子不停地嘚啵,怎么可能呢?怎么可能呢?这怎么可能呢?然后扭头对着我不停地嘚啵,怎么可能呢?怎么可能呢?这怎么可能呢?

我承认当我听到他说的好消息时第一反应是有点失望，仿佛预感到一件事要结束了。但是我还是拥抱了他。他的身体风寒病患者般时不时地抖两下。我记得当时的想法是，尽量让他放松一些，他的神经绷得再紧些就折了。我轻声安慰他说，这有什么奇怪的？前年我去越南旅行，在湄公河上，我乘坐的船和另外一艘船交错驶过时，我听到那艘船上有人大声呼喊我的名字。我当时就惊呆了，那个人是我初中最要好的同学。十五岁他随父母去了上海后就杳无音讯。我怎么能想到十多年后，我们会在越南的一条河流上相遇呢？

苏恪以的眼睛忽闪忽闪的。他完全没有听我在说什么。他粗重的喘气声和游离的眼神让我相信，他在房间里待上一秒钟，不啻在地狱里煎熬一辈子。

10

坐在这样一个驾驶员身后一点都不安全。

果不其然,还没有出云落县城那辆破嘉陵摩托车就熄火了,我们只好下来。苏恪以鼓捣半晌,摩托车仍然发动不起来。他朝我耸了耸肩膀,一屁股坐在马路牙子上,直勾勾看着过往的行人。他点了支香烟,只抽了一口就随手扔掉,从裤兜里掏出块洁净的蓝色手帕,俯身擦起皮鞋来。他的皮鞋本来很亮,现在简直能当镜子。擦完皮鞋他站起来,拍拍屁股上的灰尘,又伸出中指弹了弹裤脚。当发现白衬衣的衣角有块蜜蜂大的油渍时,他用食指蘸了唾沫洇湿,小心翼翼地抠来抠去。一辆满载钢轨的大货车从我们身边隆隆着行驶过去时,他用普通话一本正经地问道:"张文博,我的发型,乱不乱?"

好歹我们打了辆出租车。他坐在司机旁边,随口说了个村庄的名字,之后就沉默起来。半晌他扭过头沉着眼睑对我说:"他骗了我,婊子养的,他骗了我。他一开始就知道她藏在姨妈家。没准就是这婊子把她藏起来的!"

我不知道他口中的"婊子"是谁,也不知道那个村庄又在哪里。他一会儿让司机把正在听的音乐频道关掉,说这种噪音会让北京来的客人笑话,一会儿又让司机打开音乐频道,说气压太低他都喘不过气来了,好像音乐和气压有着必然的联系。司机师傅倒没说什么,也许在他眼里,我们俩就是一对醉鬼吧。

出租车在石子路上颠簸着行驶了很久。后半程里苏恪以闭着眼,一个字都没吐。一座又一座破落村庄被我们甩在身后。当苏恪以终于说"停"时,我看到一家小卖部的墙上用白灰歪歪斜斜地写了三个大字:"谷水村"。苏恪以轻笑一声,继续指挥司机师傅往前开。看样子他对这个村子很熟,"我怎么没想到她会在这儿呢!"他龇着口白牙"嘿嘿"干笑,又小声着嘀咕,"我真是世界上最蠢的白痴。就我这德行,怎配到法国去当雇佣军?"

关于那个午后,我承认对我来说更像是场被肢解的梦游。也许我真的在梦游。我的眼睛都快睁不开了。看来郝大夫的安眠药还真是有效果。苏恪以从出租车里钻出去,径自推开庭院的铁门。我晃晃悠悠地跟在他身后。这是座普通的农家院,院身很长,院子里种植着成片的紫花地丁。一个老太太坐在草垫上纳鞋底。见到我们时她慌张着站起来问我们找谁。苏恪以盯了老太太半晌,才叹口气说,哎,你不是姨妈。看来姨妈还在深圳呢。可是,如果你不是姨妈,你是谁呢?没等老太太应答,他朝她摆摆手,食指竖在唇边做了个"嘘"的动作,然后大摇大摆进了屋。老太太颠着小脚紧跟进来,嘴里叨咕着你们是镇政府的吗?我们家的提留款早就交了……

我跟苏恪以前后脚进了屋。屋子有点黑,一个女人正靠在炕上打盹。这是个白胖的女人,衣裳齐整,只是头发有些散乱,她躺在那里就像一尾在深海里熟睡的白鲸。苏恪以大口大口喘息着回头瞥我一眼,又去盯看那女人。

女人大抵是被我们惊醒了。她眯缝着眼逡巡着我们一番,然后目光死死锁在苏恪以身上。多年后想起那声突如其来的惨叫,我仍会忍不住浑身战栗,并时常将那叫声与安东尼奥尼的《红色沙漠》混淆到一起。《红色沙漠》里的女主人公朱丽安娜在孤岛的大海边看见浓烈的迷雾突然升起，漫进窗口，并瞬间吞噬了近在咫尺的同伴时，她发狂似的转身逃离，同时嘴里发出神经质的尖叫。那天，苏恪以无疑就是那团浓烈的迷雾，他让那个白胖的女人瞬间崩溃了。

我记得苏恪以连鞋也没脱，灵猫般蹿上土炕，一把将女人拽进怀里。也许不是拽进怀里，而是将女人整个臃肿的身体硬生生搬压到自己身上。女人没丁点声息，仿佛苏恪以怀里抱着的不是具鲜活的肉体，而是堆死掉的骨肉。我听到老太太拔着嗓门喊道："出去！出去！你们都给我出去！"没人理会她。苏恪以跪在炕上，纤长的双臂箍着女人的脖颈不停嘟囔，"是你吗……是你吗……真是你吗……"他把女人推开，胡乱摸她的鼻子，摸她的唇，摸她的耳朵。女人只瓷着眼，任由他颤颤巍巍的手顺着她的小腹直抵浑圆的膝盖。

"哎，怎么会是你呢。"他郁郁寡欢地说，"如果真的是你，怎么会忘了我？是不是？嗯？

是不是？"他将手指伸进牙齿间啃着，仿佛夜鼠在噬咬衣橱。当他忽然撕拽女人的衣领时，我和老太太全愣住了。可我们谁也没动，谁也没吭声。他修长的手指在女人的肩胛骨上蹭来蹭去，间或急速轻弹几下，犹如焦灼的钢琴师在黑夜里摸索着琴键……

他消瘦的后背前后耸动。他无疑是哭了。开始只是微弱的、沙哑的哽咽，慢慢地慢慢地，一个男人歇斯底里的哭声终于在房间里肆无忌惮地炸开。他哭得那么专心，那么绝望，仿佛他终于意识到，他是这宇宙里唯一的孤儿。我茫然地盯着两个再没分开的人，困意又席卷而来。我听到我自己说，苏恪以，苏恪以！你冷静些！苏恪以似乎根本没听到，也许他那时已经变成了聋子。还好，他的哭声渐渐若有若无，屋内陡然肃静。我看到窗外的软光穿过纸窗流泻而入，变成斑点游在女人浮肿的脸颊上，犹如硕蛾扑棱着飞旋。

"我知道是你。除了你，谁还长了翅膀呢……"苏恪以柔声说道，"乖，我们回家吧。"

女人猛地推搡开苏恪以从炕上蹿跳下来。她动作矫健,像是短跑运动员在做最后的冲刺。苏恪以仿佛知道她要逃,看也没看一把就抓住她披散的长发,向后一拽,女人"噗通"声仆倒在炕席上。他们都没说话,只听得衣服窸窸窣窣的微响和皮肉撞击土炕的钝声。我突然想起,苏恪以说过,女人由于家族遗传原因,年纪轻轻得了脑血栓,身子动不了,话说不了,连吃饭都是苏恪以嚼碎了一口口喂她。

有那么片刻,苏恪以似乎也很诧异。他将目光甩向我,我摇了摇头,他就去看女人。女人再次搡开他从炕上跳下,晃悠着站在地板上。让我意外的是这次苏恪以没有阻拦她。她的脸即便在昏暗的房间里也白如细瓷,一双眼虽有些肿胀,却遮掩不住森冷的光。她看着苏恪以,一字一顿地说:"你真的连做鬼都不放过我吗?"她声音轻柔,犹如羽毛悠然地悬浮在半空。

"你说什么?"苏恪以狐疑地看她一眼,又苦笑着看我一眼。

"蝎子……蝎子……"女人说,"世上有你这么毒的男人吗……"她的声音干燥瘦瘦,像孩子用砖头机械地蹭着毛边玻璃,"蝎子……别蛰我……"

我不禁去瞅苏恪以。苏恪以本来跪在土炕上,此时他仍然保持着这个姿势。他的胳膊在女人说话时直愣愣地伸出,仿佛想捂住她的嘴。

"我什么都知道……我什么都忘不了……在床上躺了半年啊……你都忘了吗……"女人似乎也恍惚起来,她喃喃道,"你真的忘了吗……怎么会忘呢……"

我呆呆地看着苏恪以。苏恪以脸上的器官紧紧蜷缩着,极力回忆什么却又回忆不起来,犹如一个垂死的老人在回忆他诞生时的样子。他的身体本来处于一种紧绷的、临战的状态,此时也松懈下来,仿佛一头猎食的鬣狮饕餮后无聊地躺在草地上。

"……你给我洗脸,给我刷牙,给我喂饭,给我接屎接尿,像饲养一头宠物……我什么都记得……"她用一种商量的口吻轻轻问道,"你觉得很舒心，是吧？"她好像说累了，或者说，她不想再说了，只是怔怔地看着苏恪以。

苏恪以突然笑了，"老虎有打盹的时候，我也有失手的时候。"

有生以来我遇到过三件让我无法理解的事。第一件是我们家的邻居离婚后，妻子嫁给了鳏寡多年的公公。他们在操办简朴的婚礼时，儿子操着菜刀砍死了自己的前妻和父亲，结果那场婚礼变成了著名的葬礼；第二件跟仲春有关，我们第一次做爱时她竟然是处女……第三件事关我的导师，有一天我突然发现，二〇〇三级表演系最爷们的东北男孩竟是他的地下情人……可是那天，昏昏欲睡的我仿佛观看了一场离奇的话剧。我似乎正跟仲春一起在小剧场看《哥本哈根》……我仿佛知道他们说什么，又仿佛根本不知道他们说什么……

"累啊，真累啊……"女人的语速慢下来，"我以前只有九十斤的……我是我们公司最漂亮的业务经理……"她一点点蹲蹴下去，犹如每秒四十八幅的慢镜头。最后她几乎坐到潮湿的地板上，粗壮的双臂圈住大腿，脑袋缓慢地钻进两腿之间，皱巴巴的衬衣往后面撅着，犹如一只哀伤的鸵鸟……

苏恪以从炕上跳下来，走到她身旁，试图去摸她，快要摸到她时手又触电般抽回。这时老太太把灯打开，屋内瞬息罩了层暖黄的光。我看到苏恪以的眉头一会皱起，一会舒展。当女人抬起头再次剜着苏恪以时，苏恪以哆嗦了下。我听到女人有气无力地说："你……不……是……半年前……钓鱼的时候……淹死在湖里了吗……你干嘛还不去你该去的地方……我已经不爱你了……求求你，你放过我吧……"

那个一直没吭声的老太太忽然攥住苏恪以的胳膊咬起来。苏恪以漠然地瞅了她一眼。老太太咬了良久才松开，蹒跚着后缩几步，满目惊愕。我们，我，女人，老太太就这样瞅着苏恪以。苏恪以扫了我们一眼。我看到他的眼泪"吧嗒吧嗒"地掉在白衬衣上。我犹豫着递给他张湿纸巾，他咧着嘴角晃晃手。

门外传来嘈杂的响动声。我和苏恪以忍不

住朝外面看去。我们这才发觉，原来过堂屋里早黑压压挤了一圈人。那些人的面孔在阴仄的空间里犹如黑暗中湿漉漉的花瓣上的露珠，看不清他们的眉眼，更看不清他们的表情。他们只是在那里矗着，有的抄衣袖，有的抽烟，还有的时不时轻抚下怀里睡熟的婴孩。无疑都是附近的街坊邻居，听到这里的哭闹循声来看热闹的。苏恪以背对着我瞅着他们。他似乎被他们吓着了，慢慢地往我身上靠。他已经碰到我了，但是好像没感觉到，就像我不存在似的，他转身走了出去……他白色的衬衣在人群里煞是醒目，左右闪了几下就不见了，我大声地喊道："苏恪以！苏恪以！"他并没有回头。也许他根本就没听到，也许他听到了却没办法回头。我又瞥了女人一眼，女人"咯咯咯咯"地大笑起来。我这才发现，女人只有一颗门牙。"他走了……他走了……"她喃喃道，"别再来找我了……别再来找我了啊……"

我扒拉开人群小跑着到庭院，院子里空空的。我又呼哧呼哧着小跑到门口，那个出租车司机正跷着脚吸烟。我问他有没有看到苏恪以。他不耐烦地说,谁是苏恪以啊?你们有完没完?大兄弟,我都等了半个多小时了!好歹多加二十块钱吧。

我打苏恪以的手机,没人接听。我打了十三遍。最后一遍的提示音是,你拨打的号码无法接通。我晕乎乎地上了出租车。司机打开音乐频道,噪乱的歌声又响起来。我跟司机说,送我回云落县城吧,我困死了。我真的快困死了。当我的头靠上肮脏的椅套时,我感觉自己躺在棉花般的云层上。当我的眼皮随着出租车的颠簸缓缓阖上时,我似乎又听到了那种嗡嗡的漫天漫野、令人心悸的声音,我赶紧睁开眼睛,声音没有了。

11

接下去的几天,苏恪以再也没有出现。我不晓得该如何解释这件事。这个女人,难道就是苏恪以曾经说过的"天使"吗?他为何把"天使"像宠物般"饲养"起来?那个"天使"是如何逃走的?我还记得女人说过,苏恪以半年前淹死了。按照她的说法,苏恪以早已不在人世,那么,这个"苏恪以"是谁呢?可是女人的神经看起来并不正常,相对于苏恪以,她更像一名精神病患者。我有理由相信一个精神病患者的话吗?我从来只相信,这个世界上,从来就没有所谓的魂灵,有的,只是死去的灵魂。

三天后,我还是联系不到苏恪以。

那些天我一直吃郝大夫给我开的药,我的失眠症有明显的好转,可是深夜里我还是常常惊叫着醒来,浑身汗水涔涔。我知道,我需要一个真相。我必须弄清楚,苏恪以跟这个姑娘到底是怎么一回事。这也是我真正喜欢拍纪录片的缘由:这个杂乱无序的世界,总有些事是可以说明白的。后来我灵光一闪,怎么忘了给郝大夫打电话?在云落,他是苏恪以的哥们,也是苏恪以的老板。这么想时我隐隐兴奋起来。我在手机里跟郝大夫说,苏恪以不见了。你知道他去哪儿了吗?郝大夫半响没有应答,后来我听到他慢条斯理地问，你的失眠症……是不是好多了？我无端地替苏恪以愤怒起来，我说，苏恪以不知道跑哪儿去了，不会出什么意外吧？！我听到郝大夫重重地叹息一声，依然慢声拉语地说，哎，他已经是成年人了，脚长在他腿上，他爱去哪儿就去哪儿吧。没准哪天，他又出现在云落了。他小时候，不也老喜欢玩失踪吗？

又过了两天，我去云西派出所报了案。我说我的朋友苏恪以失踪了。那个正在玩手机游戏的小警察"嗯"了声，磨磨蹭蹭找笔录纸。我说，我的朋友，苏恪以，已经五天没有音讯了！他白我一眼说，你那么大声干嘛？我又不是聋子。然后他问苏恪以的民族苏恪以的婚史苏恪以的直系亲属苏恪以的工作单位……我恍惚起来，盯着一只花脚蚊在他的元宝耳朵旁嗡嗡地飞。他竟然没察觉他耳旁飞着一只肥硕的花脚蚊。

也就是报案的那天中午，我接到了电影节筹委会的电话，他们说，电影节主席这个礼拜会从意大利飞过来,这一两天就把片子送过去,我拖延的时间够长了。我只得诺诺着说,好的,好的,我这就去。

当天晚上我回了北京。那时都晚上十点了,站在蚂蚁般涌动的人群中,我茫然起来。我干嘛心急火燎地回来?参加这个影展对我来说真的那么重要?这一切真的有意义吗?我在惠新南街西口下了地铁,就近找了家旅馆。躺在床上发呆时姑妈的电话打过来了。姑妈说,和慧这几天情况不太好,情绪也不稳定,你有空给她打打电话聊聊天。我才想起,我已经好些天没联系她。

和慧的声音还是嫩嫩的,我说我回北京办点事。

"你真回了啊?哎,也难怪。本姑娘不在,你也成了孤家寡人。那些碟呢?"

"还在那儿啊。你要喜欢,就全送你了。"

"这么廉价的礼物我才不要。不过真后悔啊,"和慧叹息一声,"本姑娘该把侯麦的片子带几张过来。我发现看了那么多电影,最喜欢的导演还是这个法国佬。"

"我给你邮几张吧。把医院地址给我。"

"哦……不用了。"和慧想了想说,"这样想里面的细节,也很有意思。"

我总共在北京待了七天。晚上从剪片室出来我通常跟和慧聊几句。她状态似乎不是很好,说两句就歇一会儿,也很少开玩笑,有时讲到一半姑妈把手机接过去,轻声细语地跟我解释说,和慧身体有点虚,少说两句吧。

临别北京前,我思忖半晌还是拨了仲春的号码。我特想告诉她,我跟那个台湾女人真的有一腿,也许不是一腿,而是两腿三腿……在阿姆斯特丹那几天,我无时无刻不在搞她。我不但亲了她的嘴,还亲了她的私处,不但亲了她的私处,还亲了她的脚趾……我从来没有对一个女人有如此强烈的热望。她柔软潮湿,犹如河蚌将我紧紧夹在内里,最后连我的灵魂都吸了进去……我甚至想,我要跟这个女人结婚,跟她生一堆属于我们的孩子,那该是世上最美的事……这就是全部的事实,也是全部的羞耻……这该是我送给仲春最好的新婚礼物。

让我失望的是她的手机仍然无法接通。我怔怔地想,或许她出去旅游了吧?这个季节马尔代夫会是最好的选择。没准她和她的雕塑家丈夫正躺在细软的沙滩上边吃生蚝边晒太阳……这么想时我一点都不难过。我为我的一点都不难过有点难过。

我是在北京站对面的胡同里接到姑父电话的。他火烧火燎地说,让我立马赶往北京机场。"晚上七点半的飞机!带好你的身份证!"我本想多问几句,可他很快挂掉了。我只好小跑着去坐地铁。我想,如果与和慧无关,姑父不会急成这样,肯定是和慧出了什么问题。我给姑妈打电话。姑妈没接。

两个小时后我与姑父在北京机场会合。没有直达合肥的航班了,只得买了去南京的机票。他们单位开警车送他来的,据说连保险杠都跑掉了。他一直铁青着脸左顾右盼。当飞机倾斜着起飞时,我才在嗡嗡的耳鸣声中怯怯地问他:"和慧怎么样了?"他扭过头瓷着眼久久盯看我,半晌才哑着嗓子说,和慧从昨晚就一直发烧……他没再说下去,我也没敢再问下去。那天晚上,一出南京机场我们就直接打了辆出租。和慧住的那家医院离南京还有五百里。

等我们到了医院时已凌晨四点半。我这才发现,所谓的"医院",原来是九华山底下的一座寺庙。那么,和慧根本没有医治,只是在这里静养吗?住持、姑妈和几个和尚正等着我们。姑妈脸上没有任何表情。她说,和慧从前天晚上就发烧,烧到昨天上午。她要带和慧去县里的医院输血,可和慧坚持说,她跟住持打了个赌,她这次肯定会赢……"她现在在哪儿?"我望着姑妈。姑妈垂着眼睑说,和慧已在镇上的殡仪馆……姑父蹲在墙角呜呜大哭起来……

那天晚上我和衣睡在禅房里。没有空调,只有两架吊扇吱吱呀呀地响。姑妈把和慧来寺庙后写的日记拿给我看。第一篇写的就是我:

> 哥哥是个典型的理想主义者。这样的人,在银河系都快绝迹了吧?这个自以为

是的家伙肯定不知道,我有多担心他。他那么懒,也不怎么会做饭。难道他不知道,要想拍出侯麦那样的好片子,必须有一个好胃吗?

第二篇写的是个叫"司马川"的人:

……每次去理发,我都会找他。他说,我的头发是全镇最长、发质最好的。他笑起来的样子有点像羞涩的鼹鼠。入仓手术时,我的长发全剪掉了,与昂贵的手术费相比,这算得了什么呢……什么时候,我能再让他理一次发呢?

翌日,我们先去镇上的殡仪馆。和慧在一个透明的玻璃容器里睡着了。她的眼睛紧闭,嘴唇和鼻翼间全是冰碴。姑父姑妈给她买了条藕色连衣裙,我给她买了双凉鞋。我记得她以前问过我,为什么侯麦的每部电影,都有书和书架出现?我跟她说,书和书架是侯麦电影的一种"姿势",这姿势就像一个人拍照时,手没处放,只好插在兜里或抱在胸前。现在,她的姿势就是这样:双手抱在胸前,脸色苍白,犹如唱诗班里忧伤的少女……他们在给和慧换衣服时,我听到姑妈说,别哭!别哭!眼泪不能掉孩子身上……不能延误她轮回的路啊……我闷闷地在庭院里踱步抽烟……后来我们又拉着和慧去火葬场。那是世界上最静的地方。我记得那天很热,衬衫很快湿透了。当姑妈大声招呼我时,我才发现一个胡子拉碴的工人正用铁锹往外铲骨灰。他把骨灰直接扔在水泥板上,就像一个熟练的水泥匠将沙子随意堆在一旁。散发着热气的骨头旋转几下就静止了,姑妈和姑父蹲蹴着往盒子里一块一块拣。开始,我一直离他们远远站着,后来才强迫自己走过去。我犹豫着拿起一块。那么温热,我不晓得是和慧的肋骨还是和慧的胫骨。我突然再也忍不住,拼命地抽泣起来。我不愿姑妈他们看见,只能间或小声咳嗽一两声,仿佛在提示他们,我很好,我跟他们一样镇静,我正跟他们一起埋头拼凑和慧的身体。

　　回来的火车上，姑妈姑父一直沉默。我们买的是硬座，三个人轮流着趴在狭窄的桌面上睡觉。我从厕所回来时，姑妈倾斜着身子趴在姑父腿上睡了。姑父只是望着黑漆漆的窗外。后来，我看到他在火车玻璃上不停哈气，然后伸出手指，在哈气上一笔一画地写字……我木木地盯着玻璃上歪歪斜斜的"和慧"两字……后来我不得不再次跑到厕所，用拳头用力砸着墙壁，直到黏稠的血顺着手指滴下来……我就是这时接到导师电话的。他肯定做梦都想不到我正在做什么。

　　"我跟你说件事，"他开门见山地说，"仲春失踪了。"

　　"失踪？你说什么？"

　　"是的，失踪了，都二十多天了。"

　　"怎么可能？她不是结婚了吗？她不是嫁给那个雕塑家了吗？"

　　"你是不是见过她？她曾经跟我要过你在云落县的地址。"

"见是见过,可是她……她只待了一晚就走了。"

"……你可能是最后一个见过她的人,"导师郁郁寡欢地说,"她真的没跟你提过,她要去哪儿吗?"

"没有。"

"没有?"

"你知道,我从来不撒谎。"

"希望她没事吧。不过,你要做好心理准备。她丈夫已经向派出所报案了。她丈夫虽然是搞艺术的,却是少有的靠谱的人。警察肯定少麻烦不了你。拉尔斯·冯·特里厄曾经说过,告诉那些傻逼警察,你一向清白善良,蚊子吸你的血,你都舍不得一巴掌拍死它。"

12

回到云落县时,和慧家的亲戚们都到齐了。我们从车上一迈下来,铺天盖地的哭声就蔓延开去……我悄悄地转身离开。

路过那家"司马川造型室"时,我忍不住进去瞅了瞅。一个金发小伙问我是理发还是烫发?我没吭声。后来我问司马川在吗?小伙子说,找我们老板啊?喏,正忙着呢。他努努嘴。我顺着他的目光看过去,一个长相文静的男孩正跟顾客窃窃私语,边聊边"呵呵"笑两声。和慧说的没错,这孩子笑起来的样子,真的有点像鼹鼠。

从理发店出来,我的右手隐隐疼起来。我伸出舌头舔了舔凝固的血渍,突然想起了苏恪以。他到底去哪里了呢?

我从诊所买了瓶云南白药,杵着腰一步步往家蹭。躺在客厅的地毯上觉得骨头都散架了,可我还是强忍着坐起来,收拾那些散落在沙发和墙角的光碟。我要离开这儿。可是去哪儿呢?我能去哪儿呢?我一直固执地拍纪录片,我喜欢真实,喜欢真实的肉身和他们卑微的灵魂,可我怎么又能知道,镜头里的他们并非是虚假的?其实人最好的归宿,就是做深海里的一块石头，或像苏恪以所说的那种精神病人，被切除了脑叶白质，安安静静混沌一辈子……当我再次想起苏恪以时，我骤然想起，那天早晨睁眼见到他，曾问过他，有没有见过"那谁"，我之所以印象深刻，是因为出于羞涩，我并没提起"那谁"是男人还是女人，可他当时随即反问道："你这儿经常来女人吗？"如果他没见过仲春，怎么知道来的是女人？那个女人逃脱后，他一直来这边给所谓的昂贵的植物浇水，那么，有没有可能……

我忍不住打苏恪以的手机。我知道一切是徒劳，可我还是打了。仍是一个女人冷冰冰地说着，"没有这个号码，请查询后再拨。"我越想越毛骨悚然，我想起失眠时楼层里传来的莫名的凄叫声……我猛地推开房门。

苏恪以常来浇花的屋子就矗在我面前。我曾无数次背对着它窸窸窣窣地掏钥匙，然后拧开我家的房门。可我一次也没进入过它。苏恪以总在我这儿喝酒，或者说，他好像从没邀请过我去对面喝酒……我试着拧了拧房门，一动不动。我在房门前静静地站了半晌，然后猛然用脚狠踹起房门。我不晓得当时为何如此愤怒，似乎这些日子以来所有的忧悒都化成了一股火焰在我腿上燃烧……当我最后一脚踹开房门时，楼下的一位大妈闻声颠跑上来。她呼哧带喘地问我出了什么事？我说钥匙忘带了。她狐疑地打量着我说，咦，我好像记得你住对面呢……我没理她，也没在意她半信半疑随我进了屋。

这间房屋的格局跟我住的房子一样，两室一厅，一厨一卫。只不过，这间房子更干净些。看来苏恪以是个有洁癖的人。不过我并没有看到他所说的昂贵的植物。那位大妈跟我转了厨房和卫生间，又转了书房，一切都很正常。当我如释重负般叹了口气时，我听到大妈的喊叫声。她肯定是个热衷小道消息的闲妇，总想窥视点街坊邻居的隐私，不然也不会先我一步跨进卧室。我疾步进了卧室，然后跟这个满脸老人斑的肥胖女人一起愣愣地看着……看着那个让我们讶异的东西。

毫无疑问，这是件石膏雕塑。只不过雕塑的人肯定是个非凡的艺术家——如果不是午后刺眼明亮的光线暴晒着房间，我肯定以为这具雕塑是位真人。她的眉毛、她的眼神、她嘴角浮起的笑容和身上紧裹的旗袍，都提示我她是位漂亮贤惠的淑女。我眼前马上浮现起那个臃肿不堪、说话颠三倒四的女人。当然，雕像跟她的不同之处，就在于苗条的身材和那对云翳般飘逸的翅膀。

"真漂亮呢！"大妈"啧啧"着走到雕塑后，不停抚摸着那对从肩胛骨长出的翅膀，"是你自己雕刻的？还是买的？"

我朝她笑了笑。她说："不过有点可惜，翅膀上怎么这么多印啊？是不是蛀虫咬的？"

我顺着她的目光瞅去，才发现那对羽翼之上全是一道道伤痕，有的深些，有的浅些，不过可以确定的是，全是用利刃砍割而成。我又想起了苏恪以。苏恪以是在女人失踪后请人雕的雕像吗？那么，女人是否曾在这个洁净的房间里躺了半年？我仿佛看到她犹如肥硕的婴儿般一动不动，苏恪以举着勺子给她喂芒果……

那位大妈嘟囔着走了。我关上门蹑手蹑脚进了我的房间。我饿了。从坐上火车到现在，一口饭都没吃。我想喝粥。后来，是的，后来，我满脸秃噜着泪水和鼻涕，把桂圆、红枣、枸杞和江米一把一把泡进水里，用电饭锅煮起来。遗憾的是，百合只能等下次再买了。在等着熟悉的香气味弥漫厨房前，我泡了杯浓咖啡，没放奶也没放糖。喝着喝着我就蜷缩在沙发上睡着了。

13

我再也没有见到苏恪以。仲春那边也仍然没有任何消息。有一天我在大街上看到个女孩，戴着一顶不合时宜的黑色雷锋帽。我盯着她的背影盯了许久。在大街上哭很丢人，可我还是忍不住嚎啕大哭起来。我想，是我离开云落的时候了。

我给郝大夫打过一次电话。除了苏恪以，他也算是我在云落认识的熟人。我想告诉他，我要回北京了，谢谢你给我配的安眠药，这是我吃过的最管事的安眠药。他很快接了电话，还没等我开口，他就说，不要再烦他了，他真的不知道苏恪以干嘛去了……他的语气是那种居高临下的揶揄。让我意外的是，我并没有生气。我倒是想起了他微笑时的样子：眼睑在瞬间由两侧向瞳孔挤压过来，让他变成了只有瞳孔的人。

离开前，姑父姑妈请我吃了顿便饭。在他们香火缭绕的房间，我喝了很多云落自产的那种原浆大曲。姑父也喝多了。我们什么都没说。我觉得这样挺好。吃完饭姑妈点了香烛，跪在蒲团上诵读《金刚经》。诵读完毕，她拉着我的手说，她把和慧的日记留给了寺庙的住持。住持会把这些文字复印成册，发给到庙里烧香的居士。我说这样也好。本来我跟她提及过，想把和慧的文字整理成一本书，分发给亲戚朋友。

从姑妈家回来的途中，我接到了郝大夫的

电话。他先客套几句,询问我回北京的确切日期,然后幽幽地说:"你现在有空吗?过来坐坐吧。我还在门诊上,就我自己。"

到了他的诊所时,我才发现还有几个病人在挂点滴。他有些不好意思地把我请到里屋。和大多数大夫的房间一样,很干净,桌子是白的,椅子是白的,床单是白的,就连电脑,也是一台白色的苹果。我们东拉西扯地说了点云落县城的话题后,必不可免地谈到了苏恪以。我说苏恪以是我认识的人里最能喝的,也是我认识的人里最有个性的。然后我说起那个匪夷所思的下午,那个肥胖的女人,以及苏恪以离奇的失踪。

郝大夫一直都没有吭声,只是低着头一根接一根地吸烟。后来他抬起头,我发现他的眼眶里竟然全是泪水。他说,他跟苏恪以是发小,青春期互相打过飞机的那种发小……我对郝大夫提起他们的隐私有些意外,不过我很快镇静下来。我说,我能看出来,你是世界上最了解他的人了。郝大夫的手不停抖着,烟灰"噗噗"地掉到他笔挺的西裤上,他也不管不顾。他说,你见过的那个姑娘……是我的表妹,在北京一家上市公司当白领。那时她刚失恋,来云落散心,在我的门诊上认识了苏恪以……说到这儿时他沉默起来,我只在越来越浓的烟雾里看到他虚着双眼盯着白色墙壁。

"……他们同居了很长时间,她没回北京。不怕你笑话,那个时候,我们的门诊生意并不好……"他停顿了一下,"苏恪以技术没说的……尤其是做外科手术。我们的邻居是个蹬三轮的大爷,他有个得精神病的儿子,经常拿着斧头跑到街上砍人,又没钱治……后来苏恪以突发奇想,跟大爷商量,想给他儿子做脑叶白质切除手术,大爷当然求之不得,现在哪里还有不花钱就能治病的呢。手术效果很好,那个狂躁的疯子成了云落县城最安静的男人。再后来,我们就去外地接这样的病人,生意很不错,你知道,那些穷人,宁愿出五千块钱一了百了,也不愿意一到春天就送病人去住院……苏恪以帮我赚了很多钱,这是真的。"

我突然意识到他后面要说什么了,莫名地

慌乱起来。

但他这时站起来说:"你喝茶吗?"没等我应答,就起身倒了一杯普洱递给我。

"这个世界上死亡的方式,没有一万种也有九千种,"他清了清嗓子,我才发觉他的声音是那种很悦耳的男中音,"你知道吗?有一个笑话,说美国一年约有三人被鳄鱼咬死,十人跳伞时意外身亡,四十二人被蝎子螫死,一百五十三人被雷劈死。但最令人惊讶的是,每年都有三百多名美国人死于自慰:不是因自慰过度精尽人亡,他们或是心脏病复发,或是使用错误的道具助性,例如,一名中年男子用吹风机自慰,因此触电死了……"

我诧异地看着他。他省略了我们共知的东西,而且因为讲了一个好玩的东西变得很平静。

我说:"是啊,世界真是无奇不有。"

"是的,"他看着我,欲语还休地说,"如果我说我约他到湖边钓鱼……"

湖边?像闪电照亮了黑暗里模模糊糊的东西一样,那些零零碎碎的片段一下子全部粘连在了一起,像一堆拼图慢慢呈现出一个完整的图像来,我几乎觉得脚下的地在变软,像传说中地陷一样。所以我很突兀地站起来,仿佛想到什么重要的事情似的,说,我明天一大早要赶汽车,今天晚上必须好好休息,很抱歉我该告辞了。他仿佛早有预料,平静地看着我。然后爽快地说,好好,以后有机会,再来云落玩,这个县城还是很不错的,有山有海有湖泊,过不几年就能建成一座中等城市了。

从云东到云西,至少要走半个小时,走着走着我就累了。后来,在人行道上看到那种红白相间的地板砖时,我的腰板下意识地挺起来,我将上半身保持完全静止,只两条腿铿锵地迈动,由于地板砖的长度和僵硬的步伐不能完全吻合,我只得每隔三两秒,就像跳格子那样滑稽地小跳一下。

图书在版编目（CIP）数据

夏朗的望远镜/张楚著.-上海：上海文艺出版社.2017.5
（小文艺·口袋文库）
ISBN 978-7-5321-6298-7

Ⅰ.①夏… Ⅱ.①张… Ⅲ.①中篇小说－小说集－中国－当代
Ⅳ.①I247.5

中国版本图书馆CIP数据核字（2017）第064920号

发 行 人：陈　征
出 版 人：谢　锦
责任编辑：李　霞
封面设计：钱　祯

书　　名：夏朗的望远镜
作　　者：张　楚
出　　版：上海世纪出版集团　上海文艺出版社
地　　址：上海绍兴路7号　200020
发　　行：上海世纪出版股份有限公司发行中心
　　　　　上海福建中路193号　200001　www.ewen.co
印　　刷：山东临沂新华印刷物流集团有限责任公司
开　　本：760×1000　1/32
印　　张：5.75
插　　页：3
字　　数：77,000
印　　次：2017年5月第1版　2017年5月第1次印刷
I S B N：978-7-5321-6298-7/I.5027
定　　价：25.00元
告 读 者：如发现本书有质量问题请与印刷厂质量科联系　T:0539-2925888

── 小文艺·口袋文库 ──

报告政府	韩少功
我胆小如鼠	余　华
无性伴侣	唐　颖
特蕾莎的流氓犯	陈　谦
荔荔	纳兰妙殊

二马路上的天使	李　洱
不过是垃圾	格　非
正当防卫	裘山山
夏朗的望远镜	张　楚
北地爱情	邵　丽

群众来信	苏　童
目光愈拉愈长	东　西
致无尽关系	孙惠芬
不准眨眼	石一枫
单身汉童进步	袁　远

请女人猜谜	孙甘露
伪证制造者	徐则臣
金链汉子之歌	曹　寇
腐败分子潘长水	李　唯
城市八卦	奚　榜

小说